Le Livre de Poche Jeunesse

Moby Dick

Herman Melville

Né à New York en 1819, Herman Melville s'embarque à dix-neuf ans comme matelot et, quatre ans plus tard, il parcourt les mers sur un baleinier. Ces voyages extraordinaires ont inspiré la plupart de ses œuvres. Ses premiers récits connaissent un succès immédiat. En revanche, *Moby Dick* passe inaperçu, de même que tous les écrits publiés par la suite. Herman Melville est mort en 1891, dans la pauvreté et l'abandon.

Herman Melville

Moby Dick

Traduit de l'américain
par Jean Muray

Texte abrégé

À Nathaniel Hawthorne
en hommage d'admiration
pour son génie

1

L'auberge de *La Baleine-qui-fume*

Appelez-moi simplement Ismaël[1]. Il y a quelques années – ne me demandez pas d'être plus précis –, m'étant aperçu que mon porte-monnaie était presque vide, je décidai de me remettre à naviguer, histoire de bourlinguer encore sur les vastes plaines liquides du monde. Je n'ai rien trouvé de mieux pour me purger la rate, je veux dire : pour vaincre la tristesse, et régulariser ma circulation sanguine. Certains, lorsqu'ils sont rongés de mélancolie, se donnent la mort par un moyen quelconque. Caton d'Utique[2], par

1. Fils d'Abraham, ancêtre des Bédouins d'Arabie, selon la Bible et le Coran.

2. Homme politique romain, défenseur de la République, qui se suicida lorsque l'armée de Pompée fut vaincue.

exemple, se jeta sur son épée. Moi, je m'installe tranquillement sur un bateau. Rien d'étonnant à cela. Les hommes ne s'en rendent pas compte, mais chacun d'eux, à certains moments de sa vie, a nourri pour la mer un amour aussi profond que le mien.

Toutefois, ne vous montez pas la tête. Ce n'est pas comme passager que je navigue. C'est comme simple matelot. Pourquoi ? Parce qu'on se fait un point d'honneur de me payer pour le mal que je me donne à bord, et aussi parce que le métier de la mer est le plus beau, le plus sain que je connaisse.

Une dernière question. Comment l'idée m'est-elle venue, à moi qui n'avais jamais voyagé que sur des navires de commerce, de faire une campagne de pêche à la baleine ? Après mûre réflexion, je crois comprendre les raisons qui m'ont incité à me lancer dans cette aventure. En premier lieu, je découvre l'image formidable de la baleine, monstre impressionnant et mystérieux qui a toujours hanté mon imagination. Et puis, j'avais envie de voir les océans sauvages où les grands cétacés roulent dans les flots leurs masses comparables à des îles vivantes. Je voulais m'initier aux dangers qu'ils font courir à ceux qui les attaquent. Combien de fois, dans mes rêves, n'avais-je pas contemplé des processions de baleines, au centre desquelles glissait une sorte de fantôme encapuchonné, semblable à une colline couronnée de neige ? Enfin, j'attendais merveille des paysages et des vents patagons[3]. Tout, en somme, me poussait à ne pas lutter contre l'entraînement de mon désir.

Bref, je jetai quelques chemises dans mon vieux sac de matelot et, sans plus attendre, me mis en route pour le cap Horn et l'océan Pacifique. C'est-à-dire que je me rendis d'abord de Manhattan, où je résidais, à New Bedford, dans le Massachusetts. Lorsque j'arrivai à New Bedford, un samedi soir, en plein mois de décembre, j'eus la désagréable surprise d'apprendre que le petit voilier qui faisait le service de l'île de Nantucket avait déjà levé l'ancre et qu'il me faudrait attendre son retour jusqu'au lundi suivant. Comment employer mon temps pendant ces deux jours ? Car j'étais bien décidé à gagner Nantucket, berceau des baleiniers américains, point de départ des plus anciennes expéditions.

La nuit était non seulement sombre, mais très froide. Je fis halte près d'une borne, mon sac sur l'épaule. Puis je plongeai la main dans ma poche et n'en retirai que quelques pièces de monnaie. « Mon vieil Ismaël, me dis-je en regardant de tous côtés, il est indispensable que tu trouves un coin pour dormir. Mais ne sois pas trop difficile. Et, surtout, renseigne-toi sur le prix avant de t'installer dans une auberge ! »

D'un pas hésitant, je m'en allai par les rues et passai successivement devant plusieurs auberges où je crus

3. Vents secs et froids.

plus sage de ne pas même m'arrêter, tant elles me paraissaient somptueuses. Enfin, non loin du port, vers lequel je m'étais dirigé d'instinct, je vis tout à coup, dans un halo de lumière, une enseigne qui se balançait en grinçant et représentait un jet d'eau vaporisée. Au-dessous du jet d'eau, on pouvait lire : *La Baleine-qui-fume, Peter Coffin, propriétaire*. Cette auberge, avec sa façade délabrée et lépreuse, n'était guère engageante. Mais, étant donné l'état de mes finances, n'était-ce pas exactement le gîte que je cherchais ? Je poussai la porte. Dans la lueur d'une lanterne suspendue au plafond, plusieurs marins, assis autour d'une table, buvaient en silence. Je m'approchai du patron et lui dis :

— Je voudrais une chambre.

— Impossible, répondit-il. Tout est occupé.

Puis, se frappant le front :

— Un instant ! Vous allez bien à la pêche à la baleine, n'est-ce pas ? Dans ces conditions, verriez-vous un inconvénient à coucher dans le même lit qu'un harponneur ? Autant vous habituer tout de suite à vos futurs compagnons, pas vrai ?

La perspective de partager le lit d'un homme que je ne connaissais pas ne me souriait guère. Mais, pour une simple question de délicatesse, allais-je me condamner à errer toute la nuit dans une ville où je mettais le pied pour la première fois ?

— Ce harponneur, demandai-je, qui est-ce ?

— Oh ! un brave type...

— Dans ces conditions, fis-je sur un ton résigné, j'accepte.

— Très bien. Et maintenant, asseyez-vous. Je vais vous servir un bon souper.

Quelques instants plus tard, il nous fit entrer, les autres consommateurs et moi, dans la pièce voisine. L'atmosphère, glaciale, y était encore plus sombre que dans l'estaminet[4]. Cette pièce, en effet, n'était éclairée que par deux chandelles. Quant à la cheminée... vide ! Voyant ma surprise, l'aubergiste m'expliqua :

— Le feu est un luxe dont je dois me passer...

Pour me réchauffer, je ne trouvai d'autre moyen que de boutonner ma vareuse[5] et de saisir à deux mains ma tasse de thé bouillant. Mais le souper se révéla des plus substantiels. Il y avait de la viande, des pommes de terre et, à ma profonde surprise, des *dumplings*[6] ! Auprès de moi, un jeune marin en vareuse verte – qu'on me pardonne l'expression – s'en mettait jusque-là !

— Toi, lui dit l'aubergiste, si tu ne te montres pas un peu plus raisonnable, tu n'y coupes pas d'une indigestion !

— Patron, murmurai-je, c'est celui-là, mon harponneur ?

---

4. Café.

5. Blouse ou grosse toile servant à protéger les vêtements des marins.

6. Entremets sucré, fait de pâte bouillie à la manière du plumpudding et contenant des fruits.

— Oh ! non, fit l'aubergiste avec un sourire qui me parut diabolique. Votre harponneur, comme vous dites, n'est pas un Blanc. Et puis, il ne mange jamais de *dumplings*. Il n'aime que le bifteck... bien saignant !

— Fichtre !... Et où est-il, à cette heure ?

— Il n'est pas dans la salle à manger. Mais vous ne tarderez pas à faire sa connaissance.

Le souper terminé, nous regagnâmes tous l'estaminet.

Vers dix heures, l'estaminet se vida comme par enchantement. Et je me remis à songer à mon harponneur. Décidément, l'idée de passer la nuit avec cet inconnu ne me disait rien qui vaille...

— Patron, fis-je après une hésitation, j'ai changé d'avis. Au lieu de coucher là-haut avec le harponneur, je vais passer la nuit ici, sur ce banc.

— À votre aise, répondit-il. Mais je vous préviens, je n'ai pas de couvertures à vous donner.

— Je m'en passerai, dis-je.

Je poussai le banc contre le mur et m'allongeai dessus. Cependant, presque aussitôt, je me rendis compte de mon erreur. Les courants d'air qui se glissaient sous la porte et par les interstices de la fenêtre glaçaient l'atmosphère de l'estaminet et rendaient ma situation intenable. Je me redressai sur le banc, non sans avoir grelotté pendant une bonne heure. Un moment, je regardai les pensionnaires qui rentraient les uns après les autres et gagnaient leurs chambres. L'aubergiste, toujours derrière son comptoir, taillait tranquillement un morceau de bois en forme de cure-dent.

— Patron, lui dis-je, il est bientôt minuit. Ce harponneur… rentre-t-il donc toujours à des heures impossibles ?

— Non, répondit l'aubergiste sans lever les yeux. En général, il rentre tôt. Je me demande ce qu'il peut faire… Après tout, il n'a peut-être pas réussi à vendre sa tête…

— Sa tête ? Qu'est-ce que vous me chantez là ?

— Oui, sa tête, reprit l'aubergiste de sa voix traînante. Je lui avais dit qu'il ne pourrait pas la vendre à New Bedford. Le marché est bien trop encombré…

— Encombré ?

La moutarde commençait à me monter au nez.

— Encombré de quoi ? répétai-je.

— Ben… de têtes, parbleu !

— J'ai l'impression, patron, que vous êtes en train de vous payer la mienne. Si vous me prenez pour un mousse[7], vous vous trompez ! Quant à sa tête…

— N'en dites pas de mal ! C'est un conseil d'ami que je vous donne là. Sinon, il vous cassera la figure.

— À moins que je ne commence par lui casser la sienne !

— Voyons, voyons, calmez-vous, fit l'aubergiste. Je vais vous expliquer. Le gars en question arrive des mers du Sud. Il a rapporté de Nouvelle-Zélande

7. Jeune garçon de moins de 16 ans qui apprend le métier de marin.

plusieurs têtes réduites. Des curiosités, vous comprenez. Or, ces têtes, il les a toutes vendues, sauf une, celle qu'il essaie de caser aujourd'hui. Car demain, c'est dimanche. Vous ne le voyez pas proposant une tête réduite aux braves gens qui se rendent à l'église ! Dimanche dernier, j'ai eu toutes les peines du monde à l'empêcher de sortir avec quatre têtes enfilées en chapelet sur une ficelle !

Je laissai passer quelques minutes. Puis, après avoir bien réfléchi :

— Patron, fis-je, ce harponneur doit être un type dangereux !

— Mais non, mais non, répondit l'aubergiste sur un ton rassurant. D'ailleurs, en ce qui me concerne, je n'ai pas à me plaindre de lui. Il paie régulièrement.

Il jeta un regard à la pendule.

— Bientôt minuit. Pour moi, il a dû s'arrêter quelque part. On ne le reverra pas avant demain matin. Allons, venez, ajouta-t-il en prenant une chandelle, je vais vous conduire à sa chambre. Vous êtes certain de passer une nuit tranquille. Quoi, vous avez peur ?

Peur ? Non. Mais, je dois l'avouer, je n'étais pas très rassuré. Au premier étage, l'aubergiste me fit entrer dans une petite chambre froide comme une palourde.

— Voilà, dit-il en posant la chandelle sur un vieux coffre qui devait servir à la fois de table de toilette et de table de milieu. Vous êtes chez vous. Mettez-vous à votre aise. Bonsoir.

Lorsque je me retournai, il avait déjà disparu. Le lit était immense, assez spacieux en tout cas pour contenir plusieurs harponneurs. Pour le reste, il n'y avait, dans cette pièce étroite et sombre, qu'une étagère rustique, quatre murs nus, un paravent de carton sur lequel était peint un harponneur en pleine action, puis, dans un coin, un hamac plié et un sac de marin. Un paquet d'hameçons en os luisait vaguement sur la cheminée, alors qu'un grand harpon se dressait à la tête du lit.

Mais là, sur le coffre, qu'était donc cet objet bizarre ? Je m'approchai et constatai qu'il s'agissait d'une sorte d'énorme paillasson dont les bords s'ornaient de pendants coloriés. Je le soulevai et, profitant de ce qu'il était pourvu d'une fente semblable à celles des ponchos sud-américains, je le passai pardessus mon crâne et le laissai tomber sur mes épaules. Il était humide, comme si mon mystérieux harponneur l'avait porté sous la pluie. Mais, surtout, quel poids ! Je me plaçai devant un fragment de glace fixé au mur. Effrayé par l'image que me renvoyait le miroir, je me hâtai de me débarrasser de ce vêtement étrange en me disant : « Comment un chrétien digne de ce nom peut-il se promener dans les rues accoutré de la sorte ? »

Je réfléchis encore quelques instants à ce harponneur marchand de têtes réduites et à son paillasson. Puis, prenant mon courage à deux mains, je me déshabillai – vareuse, gilet, pantalon, bottes – et, après avoir soufflé la chandelle, je me glissai dans le lit, non sans avoir remis mon sort entre les mains de la Providence[8].

Dix minutes plus tard peut-être, comme j'allais sombrer dans le sommeil, je perçus un pas lourd dans le couloir, tandis qu'une faible lueur paraissait ramper sous la porte. « Dieu me protège ! pensai-je. C'est lui ! »

Tenant dans sa main droite une chandelle et, dans la gauche, la tête réduite dont m'avait parlé l'aubergiste, le nouveau venu entra dans la chambre. Puis, sans jeter un coup d'œil vers le lit, il s'approcha du sac de marin placé dans un coin et se mit à en dénouer les nœuds. Enfin, brusquement, il se retourna. Doux Jésus, quel spectacle ! Je crus tout d'abord, à voir son visage où alternaient le jaune, un violet presque pourpre et le noir, qu'il sortait d'une bagarre et qu'il avait eu recours aux soins d'un chirurgien. Mais, comme il venait de se planter par hasard dans la lumière de la chandelle, je me rendis compte de mon erreur : ce que j'avais pris pour des emplâtres et des cicatrices toutes fraîches n'était autre qu'un ensemble de tatouages multicolores, du plus saisissant effet… Cependant, le harponneur, ignorant encore ma présence, continuait à fouiller dans son sac. Il en retira un tomahawk[9] – mais s'agissait-il vraiment d'un tomahawk ? – ainsi qu'une poche en peau de phoque, encore toute velue. Et, à leur place, il fourra dans le

8. De Dieu.
9. Hache de guerre des Indiens d'Amérique du Nord.

sac la hideuse tête réduite. Ensuite, il enleva son large chapeau de feutre. Je faillis alors pousser une exclamation de surprise. Il n'avait pas un poil sur le crâne – à l'exception d'une tresse nouée sur son front en un minuscule chignon. Que faire ? J'avais envie de prendre la fuite, bien que la lâcheté ne soit pas le premier de mes défauts. Mais il se trouvait placé entre la porte et le lit. Certes, j'aurais pu sauter par la fenêtre...

Pendant que je réfléchissais de la sorte et que j'avais quelque mal à dominer ma peur, il s'était mis, lui, à se déshabiller tranquillement. Et je constatai que, tout comme son visage, son corps, sa poitrine, ses bras et ses cuisses disparaissaient sous un inextricable lacis de tatouages. Quant à ses jambes, aussi décorées que le reste de son corps, je crus y distinguer des dizaines de grenouilles vertes qui semblaient grimper sur des palmiers aux troncs jaunes... Je commençais à comprendre : je me trouvais enfermé dans cette sinistre chambre avec un sauvage, embarqué sans doute par un baleinier dans les mers du Sud. Et, avec ça, un amateur de têtes ! S'il trouvait la mienne à son goût...

Mais je n'étais pas au bout de mes émotions. Presque nu maintenant – un pagne étroit lui serrait les reins –, il prit, dans l'une des poches de sa vareuse pendue à une chaise, une statuette noire et biscornue qu'il alla placer entre les chenets[10] de la cheminée et

10. Supports sur lesquels on place des bûches.

devant laquelle il alluma, avec une poignée de copeaux, un petit feu de sacrifice. Puis, prosterné devant la statuette, il se livra à d'interminables momeries[11] de païen[12] que je préfère ne pas décrire. Après quoi, ayant sans doute fini de prier, il saisit son tomahawk, en mit le « fer » en contact avec les copeaux qui achevaient de se consumer, plaça l'extrémité du manche dans sa bouche et tira quelques bouffées de fumée. Ensuite, il souffla la chandelle et, dans l'obscurité complète, tomahawk aux dents, il sauta sur le lit et retomba si près de moi que je ne pus m'empêcher de crier. La stupeur lui arracha un grognement et, sans plus attendre, il se mit à me palper.

Je me blottis contre le mur en gémissant :

— Je vous en supplie, laissez-moi ! Permettez-moi de me relever. Je vais rallumer la chandelle !

Mais lui, dans un invraisemblable sabir[13] :

— Qui toi être ? Toi pas vouloir dire ? Alors, moi tuer toi !

Et, tout en parlant, il secouait au-dessus de moi sa pipe-tomahawk, dont il répandit la cendre sur le lit, si bien que je pensai : « Non seulement il va me tuer, mais il va flanquer le feu à ma liquette ! » Ce que voyant, je me mis à hurler :

— Patron ! Monsieur Coffin ! Au secours ! Au secours !

11. Danses ridicules.
12. Ici, personne qui croit en plusieurs dieux.
13. Langue incompréhensible.

Quant à mon sauvage, il continuait à répéter :
— Qui toi être ? Toi pas vouloir dire ? Si toi pas vouloir dire, moi tuer toi !
Mais, Dieu soit loué, à ce moment l'aubergiste entra dans la chambre, une chandelle à la main. D'un bond, je sautai du lit et courus me placer sous sa protection.
— N'ayez pas peur, me dit-il avec un petit sourire diabolique. Queequeg ne toucherait même pas à un cheveu de votre tête.
— D'abord, cessez de ricaner comme un imbécile ! hurlai-je de plus belle. Pourquoi ne m'avez-vous pas prévenu que ce harponneur était en réalité un cannibale ?
— Je croyais que vous saviez... que vous aviez compris, quoi ! Je vous avais dit qu'il se baladait en ville pour essayer de vendre sa dernière tête réduite... Allons, recouchez-vous et ne parlons plus de ça.
Et, s'adressant à Queequeg – puisque tel était le nom de mon cannibale :
— Écoute, Queequeg. Toi connaître moi. Moi connaître toi. Lui dormir avec toi. Toi comprendre ?
— Oui, moi comprendre, répondit Queequeg en se remettant à tirer sur son tomahawk.
Il souleva la couverture et, se tournant vers moi :
— Toi entrer là, ajouta-t-il avec une expression presque gracieuse et un geste d'invitation digne d'un civilisé.
Un instant, je l'examinai. Malgré ses tatouages, il était plutôt propre et appétissant pour un sauvage.

« Après tout, pensai-je, c'est un homme, tout comme moi. J'ai peut-être eu tort de faire ce vacarme. Ne vaut-il pas mieux dormir avec un cannibale à jeun qu'avec un chrétien ivre ? »

Puis, avisant l'aubergiste :

— Patron, fis-je, dites-lui de ramasser son tomahawk… ou sa pipe, si vous préférez… En tout cas, dites-lui de s'arrêter de fumer. Je ne veux pas coucher avec un homme qui fume au lit. C'est dangereux. Et puis, je ne suis pas assuré.

Dès que l'aubergiste lui eut fait part de mon désir, Queequeg s'exécuta sur-le-champ et, s'effaçant le plus possible, comme pour bien me montrer qu'il ne me frôlerait même pas les mollets, il m'invita de nouveau, avec une parfaite bonne grâce, à le rejoindre.

— Bonsoir, patron, dis-je. Maintenant, vous pouvez nous laisser.

Je me recouchai, et je dois reconnaître que, cette nuit-là, je dormis mieux que je ne l'avais fait de toute ma vie.

2

Une paire d'amis

Le lendemain matin, je m'éveillai à la pointe du jour. Quelle ne fut pas ma surprise en constatant que mon compagnon me tenait par le cou, de la façon la plus affectueuse du monde ! À plusieurs reprises j'essayai, en vain, de me dégager. « Me voici dans de beaux draps ! pensai-je. Que vais-je devenir dans cette inquiétante auberge, couché dans le même lit que ce cannibale armé jusqu'aux dents et qui semble bien résolu à ne pas me lâcher ? » Finalement, je criai :

— Queequeg ! Hé, Queequeg ! Réveille-toi, mon vieux !

Il poussa un grognement, puis s'ébroua comme un chien sortant de l'eau, me regarda quelques instants en se frottant les paupières, sauta brusquement du lit et me fit comprendre plus par des gestes que par des paroles qu'il allait s'habiller le premier, afin de me permettre de disposer à mon gré de la chambre. Décidément, ce sauvage avait des délicatesses[1] que bien des civilisés auraient pu lui envier !

Pour s'habiller, il commença par le haut, c'est-à-dire qu'il mit d'abord son chapeau et sa vareuse. Après quoi, les cuisses et les jambes toujours nues, il se glissa sous le lit, et là, à grand renfort de soupirs et de gémissements, s'employa à enfiler ses bottes. Pourquoi jugeait-il convenable d'enfiler ses bottes en cachette ? « Bah ! pensai-je. C'est sans doute sa manière à lui de montrer qu'il a de la pudeur… » Mais, tout de même, je n'en revenais pas !

Enfin, il sortit de dessous le lit, avec son chapeau bosselé et enfoncé jusqu'aux yeux. Puis, faisant craquer le cuir de ses bottes, il traversa la chambre, se mouilla le museau et se savonna les joues avec un savon dur comme pierre qu'il tira de son sac. Allait-il se raser ? Et avec quoi ? Mais, soudain, je le vis arracher au manche le fer de son harpon, l'affûter sur l'une de ses bottes et… Ah ! mes aïeux ! Il venait de se planter devant le fragment de glace fixé au mur et, vigoureusement, se raclait le visage avec cet effrayant rasoir ! Un instant plus tard, sa toilette terminée, comme il se dirigeait vers la porte, je ne pus m'empêcher de lui crier :

— Voyons, Queequeg ! Et ton pantalon ?

1. Attentions.

Il se retourna, me remercia d'un sourire qui ressemblait à une grimace, enfila son pantalon et, serrant son harpon dans sa main gauche, comme un bâton de maréchal, il sortit fièrement de la chambre.

Lorsque je le rejoignis dans l'estaminet, il était déjà installé parmi d'autres baleiniers : matelots, premiers lieutenants, seconds lieutenants, charpentiers, voiliers[2], harponneurs, maîtres d'équipage, etc., qui buvaient le café en croquant des petits pains chauds. Mais lui, il se contentait de piquer, de la pointe de son harpon, des biftecks presque crus placés à l'autre extrémité de la table, et les dévorait l'un après l'autre avec un calme impressionnant.

Ce jour-là, ne sachant que faire, je déambulai toute la matinée et une bonne partie de l'après-midi dans les rues et sur les quais de New Bedford. Ce fut seulement dans la soirée que je retrouvai Queequeg, assis à la table de l'estaminet de l'auberge. J'étais à cent lieues de me douter que notre amitié naissante allait progresser en quelques heures à pas de géant. Nous commençâmes par dîner côte à côte, tout en bavardant de notre métier, du temps qu'il faisait et de notre départ pour Nantucket, qui devait avoir lieu le lendemain. Puis nous gagnâmes notre chambre. Là, dès que mon compagnon eut récité ses bizarres prières devant son idole noire éclairée par un feu de copeaux semblable à celui de la veille, nous nous

2. Hommes qui raccommodent les voiles.

couchâmes bien sagement. Queequeg alluma sa pipe-tomahawk et, de question en question, je réussis à lui faire raconter son histoire.

Queequeg était natif de Kokovoko, petite île située très loin là-bas, vers l'ouest et le sud. Ne la cherchez pas sur une carte. Vous perdriez votre temps. D'ailleurs, vous l'avez sans doute remarqué : les pays intéressants ne figurent jamais sur les cartes.

En général, les petits sauvages n'ont qu'un désir : courir presque nus dans leurs forêts ou leurs jungles natales. Mais Queequeg avait une ambition. Il voulait connaître de la chrétienté autre chose que les baleiniers qui, de temps en temps, apparaissaient sur les rivages de son île où son père était une sorte de roi.

Bref, un bateau ayant jeté l'ancre dans la baie de Kokovoko, Queequeg se présenta à bord, dans l'espoir qu'on accepterait de l'engager comme matelot. Mais, l'équipage étant au complet, on l'envoya promener. Alors, il usa d'un expédient[3]. Seul dans sa pirogue, il alla se poster dans une passe[4] que le bateau devait emprunter pour s'éloigner de l'île. Lorsque celui-ci apparut, il s'en approcha aussi rapidement que possible, se servit de l'une des chaînes pour se hisser par-dessus le bastingage, se jeta à plat ventre sur le pont et saisit un gros anneau de fer en criant :

— Moi plus jamais partir, même si vous couper moi en morceaux !

---

3. D'un moyen ingénieux.
4. Passage étroit.

On le menaça de le lancer aux requins, on fit mine de lui trancher les poignets. En vrai fils de roi qu'il était, il ne broncha pas. À la fin, le capitaine, touché de son courage, déclara :

— C'est bien. Je te garde.

Et, s'adressant aux hommes qui l'entouraient :

— Occupez-vous de lui et faites-en un bon baleinier[5].

Depuis ce temps, Queequeg avait sillonné les mers en tous sens, participé à de nombreuses campagnes de pêche, visité des ports et des villes. Était-il satisfait de cette chrétienté dont il avait tant désiré faire la connaissance ? Je crus comprendre qu'il avait perdu, à son sujet, quelques illusions…

— Chrétiens pas toujours meilleurs que païens, me dit-il.

Avais-je le droit de lui répondre, moi chrétien, qu'il n'avait pas tout à fait tort ? Je préférai laisser passer quelques instants. Puis je lui demandai :

— As-tu l'intention de retourner dans ton île et de te faire couronner ? Car, enfin, depuis le temps que tu es parti, ton père doit être mort.

— Oui, lui mort, répondit-il. Mais moi pas avoir l'intention de retourner déjà là-bas. Moi vouloir encore voir beaucoup de choses et harponner beaucoup de baleines. Maintenant, nous dormir, pour nous partir demain à la grande pêche !

---

5. Celui qui pêche la baleine.

Comme il avait fini de fumer sa pipe-tomahawk, il la posa sur le plancher, près de lui. Puis, étant donné que nous étions devenus de vrais amis, il m'embrassa à la manière de son pays, c'est-à-dire en pressant son front contre le mien. Après quoi, nous nous tournâmes le dos et, une minute plus tard, nous dormions l'un et l'autre du sommeil du juste.

Le lendemain, le lundi de notre départ par conséquent, nous empruntâmes une brouette pour charger nos bagages et, dans cet équipage, nous nous rendîmes au port, où le petit schooner[6] *Moss*, qui faisait le service de Nantucket, semblait ne plus attendre que nous pour lever l'ancre. Dès que nous eûmes gagné le large, je me sentis envahi par une émotion qui tenait à la fois de la joie et de l'ivresse. Queequeg, lui aussi, ne cherchait même pas à dissimuler son allégresse. Enfin, nous avions quitté la terre ferme, avec ses tracasseries, ses innombrables interdictions.

Dans la soirée, nous arrivâmes en vue de Nantucket. Nantucket ! Mon trouble fut extrême lorsque j'aperçus pour la première fois cette petite île, composée d'une colline aride et d'une simple plage d'où se sont élancés depuis si longtemps les plus hardis baleiniers de la Terre ! La nuit tombait lorsque le *Moss* jeta l'ancre dans le port. Nous n'avions rien d'autre à faire que de souper et de chercher un gîte. Le patron de *La Baleine-qui-fume* nous avait

6. Petit navire de pêche à deux mâts.

recommandé de prendre pension chez son cousin, un certain Hosea Hussey, propriétaire des *Deux Chopes*, l'une des meilleures auberges de Nantucket, avait-il précisé. Nous nous mîmes donc incontinent[7] à la recherche de cette merveille et, après avoir déambulé une bonne heure dans les ruelles, nous nous trouvâmes tout à coup devant une maison dont la façade était incrustée de coquillages et dont l'enseigne représentait deux énormes chopes en bois qui se balançaient au vent de la nuit.

— Eh bien, dis-je à Queequeg, je crois que nous y sommes.

Nous poussâmes la porte. Dans l'estaminet, l'atmosphère puait le poisson. D'ailleurs, tout, dans cette auberge, paraissait à la sauce poisson. Mme Hussey, imposante créature au masque autoritaire, portait un collier en vertèbres de morue. M. Hussey manipulait un livre de comptabilité relié en peau de requin. Et, comme dîner, on nous servit, arrosé de deux chopes de lait – qui, lui aussi, sentait vaguement le poisson, mais se révéla crémeux à souhait –, un plat extrêmement savoureux, composé de palourdes cuites avec des biscuits pilés et de minuscules morceaux de porc salé ; le tout, bien entendu, assaisonné de main de maître. Est-il utile d'ajouter qu'il nous suffit d'obéir à notre appétit, aiguisé par l'air du large, pour expédier en cinq sec[8] ce plat copieux et mémorable ?

7. Aussitôt.
8. Rapidement.

La dernière bouchée avalée, Mme Hussey nous remit une lampe en nous disant :

— Et pour le petit déjeuner, qu'est-ce que je vous servirai ? Palourdes au petit salé, comme ce soir ?

— Bien sûr, répondis-je après une brève hésitation, due à la surprise. Mais vous y ajouterez deux harengs fumés. Ça nous changera un peu.

3

Mon beau navire

Dès que nous fûmes allongés côte à côte, je me mis en devoir de préparer nos plans. Car, maintenant que nous avions atteint notre but, il nous fallait chercher sans tarder le baleinier qui voudrait bien accepter de nous prendre à son bord.

Le lendemain, dès potron-minet[1], je laissai Queequeg et la statuette de son dieu, Yojo, enfermés dans notre chambre. Puis je sortis de l'auberge et me dirigeai vers le port. Il me fallut faire de nombreuses démarches et poser peut-être une centaine de questions au hasard avant d'apprendre que trois navires allaient appareiller pour des voyages de trois ans. Ces

1. Dès l'aube.

trois navires étaient la *Diablesse*, la *Friandise* et le *Pequod*, ce dernier portant le nom d'une tribu indienne du Massachusetts anéantie depuis longtemps. Je rôdai un moment autour de la *Diablesse*, puis autour de la *Friandise*. Enfin, je montai à bord du *Pequod* et, presque sur-le-champ, je compris que c'était celui-là qui nous convenait.

Il s'agissait d'un navire de la vieille école, plutôt petit que grand, avec l'air d'un monstre griffu. Sa coque, malmenée par les typhons et caressée par les bonaces[2] des quatre océans de la planète, avait la même couleur bronzée que les joues d'un grenadier[3] français ayant combattu successivement en Égypte, puis devant Moscou. Sa proue vénérable semblait prolongée d'une barbe. Ses mâts étaient raides comme des colonnes vertébrales de statues. Ses ponts usés s'ornaient de maintes craquelures inquiétantes. Mais ce n'était pas tout : le *Pequod*, depuis un siècle qu'il écumait les océans, avait été surchargé, par ses commandants successifs, de dessins et d'accessoires qui lui donnaient l'aspect d'un bouclier ancien ou d'une sorte de trophée[4] mouvant. C'est ainsi que ses bastingages, dans lesquels on avait planté des dents aiguës de cachalots, avaient l'air de deux monstrueuses mâchoires, et que sa barre, ô stupeur ! était constituée non d'une solide pièce de bois, mais d'une

2. Périodes de calme plat en mer.
3. Soldat d'élite et de grande taille.
4. Objet pris sur l'ennemi.

mâchoire inférieure de cachalot, d'une blancheur éblouissante ! Noble navire, en vérité ! Cependant, comme toutes les choses nobles, il dégageait une pesante tristesse.

Avisant un vieil homme qui était assis, derrière le grand mât, sous une sorte de tente rappelant, par sa forme, le wigwam[5] des Indiens, je lui demandai :

— Est-ce vous qui commandez le *Pequod* ?

— Non, répondit-il. Je suis le capitaine Peleg, l'un des propriétaires. Je ne navigue plus. Mais, toi, qu'est-ce que tu veux ?

— Je voudrais embarquer.

— Tu voudrais embarquer ? Tu connais quelque chose aux baleines ?

— Non. Mais j'apprendrai vite, soyez-en certain. J'ai fait plusieurs voyages dans la marchande et…

— As-tu jamais vu le capitaine Achab[6] ? reprit-il.

— Le capitaine Achab ? répétai-je.

— Oui. C'est lui qui commande le *Pequod*. Écoute-moi bien : avant de signer ton engagement, va donc jeter un coup d'œil sur le capitaine Achab. Il te faudra deux secondes pour constater qu'il n'a plus qu'une jambe.

— Dois-je comprendre, balbutiai-je, que l'autre lui a été enlevée par… par une baleine ?

— Tu l'as dit, mon gars ! Mais *enlevée* est un mot un peu faible. C'est *arrachée, broyée, écrabouillée* qu'il

5. Tente.
6. Roi d'Israël qui s'opposa au prophète Élie.

faut dire, et par le plus monstrueux cétacé[7] – baleine ou cachalot, pour nous, c'est du pareil au même – qui ait jamais éventré une chaloupe ! Comprends-tu, maintenant ?... D'ailleurs, ajouta-t-il après m'avoir examiné avec attention, je me demande si le métier de baleinier te convient. Je te trouve un peu mou dans tes attitudes, dans ton langage. Ne te paies-tu pas ma tête lorsque tu me dis que tu es déjà allé en mer ?

— Mais je vous assure... J'ai fait quatre voyages dans la marchande.

— Parfait. Te crois-tu capable de lancer un harpon dans la gorge d'une baleine et de la poursuivre en chaloupe jusqu'à ce qu'elle n'en puisse plus ? Allons, réponds, réponds vite ! J'aime les réponses rapides !

— Je m'en sens capable... avec un peu d'entraînement, s'entend.

— De mieux en mieux ! Eh bien, tu vas pouvoir signer ton engagement sans le moindre délai. Suis-moi.

Par l'échelle d'écoutille[8], il m'entraîna jusqu'à la cabine. Là, il me présenta à son associé, le capitaine Bildad, un grand maigre, boutonné jusqu'au menton, qui paraissait absorbé dans la lecture d'une énorme bible. Le capitaine Bildad, en retraite lui aussi, avait une solide réputation d'avarice.

---

7. Ordre de mammifères marins.

8. Ouverture rectangulaire découpée dans le pont d'un bateau.

— Il veut embarquer, lui expliqua Peleg en me montrant.

— Vraiment, tu veux embarquer sur le *Pequod* ? me demanda le capitaine Bildad d'une voix caverneuse.

— Oui, répondis-je sur un ton résolu.

— Que penses-tu de lui, Bildad ? demanda le capitaine Peleg.

— Je crois qu'il fera l'affaire.

Puis la discussion, relative à la « masse » que je recevrais à l'expiration du voyage, commença, non sans une certaine âpreté. Je savais déjà que, sur les baleiniers, les membres de l'équipage, au lieu d'être payés au mois ou à l'année, reçoivent, selon le rang qu'ils occupent à bord, une part des bénéfices appelée « masse ».

Lorsque j'eus accepté de ne recevoir que la trois centième part des bénéfices et signé mon engagement, je remontai sur le pont avec le capitaine Peleg.

— Capitaine, lui dis-je, j'ai un copain qui voudrait bien embarquer, lui aussi. Voulez-vous me permettre de vous l'amener demain ?

— Naturellement. Amène-le. Nous verrons s'il fait l'affaire. A-t-il déjà participé à une campagne de pêche à la baleine ?

— Bien sûr ! C'est un vrai baleinier, lui. Il a même tué plus de baleines que je ne pourrais en compter.

— Eh bien, c'est entendu. Amène-le demain.

Je pris congé du capitaine Peleg. Mais, au moment

de quitter le *Pequod*, je me ravisai et revins sur mes pas.

— Capitaine, fis-je, où pourrais-je trouver le capitaine Achab ?

— Qu'est-ce que tu lui veux ? Tu es engagé. Que te faut-il de plus ?

— Oui... mais, voyez-vous, je voudrais au moins l'apercevoir.

— L'apercevoir..., répéta-t-il avec une expression rêveuse. En ce moment, je crois que ce serait assez difficile. Il se cache. Il reste enfermé chez lui. Est-il malade ? Il n'en a pas l'air. Pourtant... D'ailleurs, il refuse de m'ouvrir sa porte. Il est donc très probable qu'il en ferait autant pour toi... Vois-tu, mon gars, c'est un homme bizarre, le capitaine Achab... mais un homme, un vrai ! Au reste, tu feras sa connaissance bien assez tôt, crois-moi sur parole ! Je voudrais t'expliquer... Je te disais que le capitaine Achab est un homme, un vrai. Eh bien, ce n'est pas exactement cela. Le capitaine Achab... c'est une sorte de dieu... Oui, une sorte de dieu... Il parle peu. Mais je te conseille de l'écouter. Il connaît tout, il est allé partout, même chez les sauvages qui se nourrissent de chair humaine. Il a fait ses études dans les universités. Il est familiarisé avec des mystères infiniment plus profonds que ceux de l'océan. Comme harponneur, il n'a pas son pareil parmi tous les baleiniers de Nantucket. Cependant – je ne sais pas si tu vas me comprendre –, il donne l'impression, lorsqu'il lance son harpon, de chercher à atteindre autre chose que la baleine elle-même, un ennemi personnel… En un mot, le capitaine Achab… c'est Achab, tu sais bien, ce roi d'Israël…

— Oui, je sais, répondis-je. Et par parenthèse, un très mauvais roi. Si j'ai bonne mémoire, le prophète Élie avait prédit que, lorsqu'il serait tué, les chiens lécheraient ses blessures…

— C'est cela… Mais viens ici, plus près de moi, murmura le capitaine Peleg avec un regard dont je fus presque effrayé. Un autre conseil, mon gars : tant que tu seras à bord du *Pequod*, ne répète jamais ce que tu viens de dire. Si le capitaine Achab porte un nom semblable, ce n'est pas sa faute. Achab est un brave homme, aussi pieux qu'un autre. Bien sûr, il lui arrive de jurer quelquefois, tout comme moi. Mais il m'est supérieur sur bien des points, je le reconnais. Naturellement, depuis que cette maudite baleine lui a coupé une patte, au cours du dernier voyage, il souffre le martyre. Tu penses bien que son moignon[9] lui fait mal ! Et, s'il se montre hargneux, et même souvent d'une implacable violence, qui oserait lui en faire le reproche ? Certes, il n'a jamais été ni causant, ni jovial. Mais je suis certain qu'il finira par retrouver son humeur normale… Je ne voudrais pas, mon gars, que tu penses du mal de lui parce que le hasard l'a affublé[10] d'un nom qui est celui du plus méchant de tous les rois de l'Histoire sainte. Et puis, n'oublie

9. Ce qui reste d'un membre amputé.
10. Lui a attribué.

pas : ce vieil homme s'est marié sur le tard avec une fille charmante qui lui a donné un enfant. Bon père, époux affectueux, est-ce là le fait d'un individu affligé d'un caractère naturellement cruel ? Crois-moi, si rude qu'il soit, Achab a son côté humain.

Après avoir quitté le capitaine Peleg, je regagnai l'auberge à pas lents. Le capitaine Achab m'inspirait maintenant une sorte de sympathie mêlée de beaucoup de crainte. Et, plus que jamais, j'avais hâte de faire sa connaissance…

Le lendemain matin, l'engagement de Queequeg ne fut pas une petite affaire. Comme nous approchions du *Pequod*, mon compagnon et moi, une voix rude nous cloua sur place :

— Halte, Ismaël ! Tu ne m'avais pas dit que ton copain était un cannibale ! Or, sache-le bien, les cannibales ne sont pas admis à bord !

Je levai la tête et vis, accoudés au bastingage, le capitaine Peleg et le capitaine Bildad. C'était Peleg qui avait parlé. Sur le moment, je ne sus quoi répondre. Puis, en me ressaisissant :

— D'abord, capitaine, répondis-je, Queequeg n'est plus un vrai cannibale. Il y a belle lurette qu'il a cessé de manger de la chair humaine. D'autre part, pourquoi ne lui permettriez-vous pas de vous montrer ses talents ?

Les deux officiers se concertèrent à voix basse. Enfin, le capitaine Peleg, après avoir eu quelque peine à fléchir l'austère Bildad, cria :

— Eh bien, c'est entendu, montez à bord. Nous avons envie de voir ce que sait faire cette espèce de grand sauvage !

Trois secondes plus tard, nous étions sur le pont. Queequeg, qui avait bien compris ce qu'on attendait de lui, sauta à l'avant d'une des baleinières suspendues sur le côté du navire. Puis, après s'être affermi sur son genou gauche, il brandit son harpon et déclara, dans son charabia habituel :

— Toi voir, cap'tain, ce piti tache de goudron, là-bas, sur l'eau ? Toi bien voir ? Alors, toi penser que c'est œil de baleine. Et toi maintenant regarder !

Le harpon s'élança en ronflant, vola dans l'air et tomba au beau milieu de la tache de goudron !

— Maintenant, fit Queequeg en tirant tranquillement sur la corde à laquelle était fixé le harpon, toi comprendre, cap'tain ? Si tache de goudron il était œil de baleine, baleine complètement mort !

— Vite, Bildad, cria Peleg à son associé. Il faut que ce type signe son engagement sur-le-champ. Des harponneurs de cette classe, on n'en trouve pas tous les jours !

Nous gagnâmes la cabine et, à ma profonde satisfaction, Queequeg fut bientôt inscrit sur le rôle d'équipage.

4

Le capitaine Achab

Il nous fallut patienter encore deux jours avant d'apprendre que tout était paré et que le *Pequod* s'apprêtait à lever l'ancre. Donc, un matin, vers six heures, dans la pénombre d'une aube grise et brumeuse, nous nous mîmes en route pour le port.

— Si je ne me trompe, dis-je à Queequeg, j'aperçois là-bas des marins qui courent. Je parie que nous partons au lever du soleil. Pressons-nous.

Nous montâmes à bord. Je m'aperçus, non sans surprise, que les ponts étaient déserts. Qu'étaient donc devenus les hommes que, tout à l'heure, j'avais cru voir courant dans la direction du *Pequod* ? Enfin, nous découvrîmes, sur le gaillard d'avant[1], un vieux

1. Sur un voilier, partie située à l'avant du pont supérieur.

marin, en loques, qui dormait sur deux coffres placés côte à côte et ronflait comme un sonneur. Décidés à attendre les événements, nous nous assîmes près de lui et commençâmes à fumer la pipe-tomahawk de Queequeg. Soudain, gêné sans doute par l'odeur du tabac, le vieux marin grogna dans son sommeil, puis se redressa sur son séant en se frottant les paupières.

— Salut, les gars, dit-il. Qui êtes-vous ?

— Nous avons signé sur le *Pequod*, répondis-je. Quand partons-nous ?

— Ben… aujourd'hui. Le capitaine a embarqué hier.

— Quel capitaine ? Le capitaine Achab ?

— Qui veux-tu que ce soit, mon gars ?

Je m'apprêtais à lui poser d'autres questions au sujet d'Achab, lorsqu'un bruit sur le pont m'en empêcha.

— Ah ! voilà Starbuck, le second, qui se remue ! reprit le vieux marin. Celui-là, c'est un homme… un homme bon et pieux… et actif avec ça ! Allons, fini de dormir !

Sur ce, il se leva. Nous le suivîmes. Maintenant, il faisait presque jour. L'équipage, qui s'était sans doute attardé dans les cabarets[2] du port, commença d'embarquer. Les gabiers[3] grimpaient dans les hunes[4]. Les officiers s'agitaient, lançaient des ordres.

2. Cafés.
3. Matelots chargés d'entretenir et manœuvrer les voiles.
4. En haut des mâts.

Mais le capitaine Achab, cloîtré dans sa cabine, demeurait invisible.

Enfin, vers la fin de l'après-midi seulement, après des préparatifs auxquels, naturellement, nous participâmes, Queequeg et moi, le *Pequod* leva l'ancre, hissa ses voiles et glissa vers le large. C'était un 24 décembre. Quand la nuit tomba – la nuit de Noël ! – par un froid vif et piquant, nous étions déjà presque en plein océan. Autour de nous, l'écume[5] gelée formait sur la mer une sorte de cuirasse polie. Des glaçons pendaient à notre proue[6], et les dents de cachalots plantées dans le bastingage scintillaient au clair de lune.

Mais il est temps que je dise quelques mots de mes nouveaux compagnons. Starbuck, le second du *Pequod*, était un Nantuckais[7]. Cet homme sérieux et grave semblait, à voir sa chair aussi dure que du biscuit remis deux fois au four, parfaitement apte à vivre sous toutes les latitudes[8]. Quel âge pouvait-il avoir ? Pas plus de trente ans sans doute. Il était maigre comme une momie et très avare de paroles. Doué d'un grand courage, il n'en disait pas moins :

---

5. Mousse blanchâtre à la surface des vagues.
6. Avant d'un navire.
7. Qui vient de l'île (américaine) de Nantucket, au sud-est du cap Cod, centre de l'industrie baleinière au XVIIIe siècle et jusqu'en 1820.
8. La latitude est la distance d'un point à l'équateur. Ici, l'expression signifie « dans toutes les régions du monde ».

« À bord de ma chaloupe, je ne veux que des gens qui aient peur des baleines. » Pourquoi disait-il cela ? Probablement parce qu'il estimait que le vrai courage doit s'appuyer sur une juste estimation du péril, et qu'un baleinier d'une intrépidité[9] aveugle est plus dangereux qu'un lâche.

Le premier lieutenant s'appelait Stubb. Il n'était pas originaire de Nantucket, mais du cap Cod. Insouciant, et aussi éloigné de la poltronnerie[10] que de la bravoure, il prenait le temps comme il venait.

Si Starbuck, le second, était de Nantucket, et Stubb, le premier lieutenant, du cap Cod, le second lieutenant, un nommé Flask, était natif, lui, de Tilbury, dans l'île de Martha's Vineyard. C'était un petit bonhomme, rougeaud et trapu, de caractère belliqueux.

Ces trois officiers – Starbuck, Stubb et Flask – étaient à bord des personnages importants, car ils assuraient le commandement de trois des quatre baleinières du *Pequod*. Armés de leurs lances étincelantes, ils formaient un superbe trio.

Mais, autour d'eux, gravitaient des personnages non moins importants : les harponneurs.

Esquissons maintenant un rapide croquis des trois harponneurs du *Pequod*. En premier lieu venait Queequeg, que Starbuck avait choisi pour l'aider.

9. Courage.
10. Lâcheté.

Mais nous connaissons de longue date mon cher cannibale.

Le second harponneur était un Indien de pure race, Tashtego, originaire de Gay Head, le promontoire le plus à l'ouest de Martha's Vineyard. Tashtego, choisi par Stubb, le premier lieutenant, pour l'aider dans sa tâche, avait des cheveux noirs et lisses, des pommettes saillantes, des yeux fendus en amande, comme ceux des Orientaux, et des prunelles de charbon, traversées de lueurs glacées.

Daggoo, le troisième harponneur, était un Nègre gigantesque, noir comme la nuit. Il avait la démarche souple et puissante d'un lion et portait, pendus à ses oreilles, des anneaux si grands que ses compagnons proposaient, en riant, de les utiliser pour attacher les drisses de hune[11].

Un autre Nègre avait trouvé place, lui aussi, sur le *Pequod*. Il s'agissait du minuscule Pip, un pauvre Noir de l'Alabama.

Quant au reste de l'équipage, il se composait de marins originaires soit de Nantucket, soit des Açores, soit des îles Shetland. Ces insulaires[12] avaient tendance à vivre isolés les uns des autres, chacun pour soi, et formaient, autour du personnage dont je vais enfin vous parler, comme une forêt d'ombres actives et presque toujours silencieuses.

---

11. Cordages servant à hisser une voile, un pavillon ou un signal.

12. Qui habitent une île.

Plusieurs jours après notre départ de Nantucket, nul n'avait encore vu le capitaine Achab au-dessus des écoutilles. Les officiers prenaient le quart[13] à tour de rôle. On aurait pu croire qu'ils étaient les seuls maîtres à bord. Toutefois, de temps en temps, ils remontaient de la cabine avec des ordres si brusques et si autoritaires que je me rendis compte de ceci : ils n'exerçaient leur commandement que par délégation[14]. Le maître suprême et véritable du *Pequod* était bien là, enfermé dans une retraite inviolable.

Les premiers temps, nous avions dû subir un froid presque polaire, bien que, naturellement, nous fissions route vers le sud. Mais je sentais que, chaque fois que nous franchissions un degré de latitude, nous nous éloignions de l'implacable hiver.

Bref, par un matin moins rigoureux que les précédents, mais encore brumeux et obscur, je montai sur le pont avec la bordée de quart[15]. Un bon vent poussait la grande carcasse du *Pequod* à une allure bondissante et rapide. Soudain, comme je me tournais par habitude vers la lisse de couronnement[16], je ne pus maîtriser un frisson. Le capitaine Achab était là-bas, debout sur le gaillard d'arrière, et la réalité dépassait tout ce que j'avais imaginé !

---

13. Période de 4 à 6 heures de travail continu.
14. Qu'en transmettant les ordres.
15. Avec les marins affectés à ce quart.
16. Sorte de garde-fou.

Rien, dans sa personne, qui trahît une maladie quelconque, rien qui permît de penser qu'il était en convalescence. Mais, plutôt, il avait l'air d'un homme qui, soumis à l'action d'un bûcher, en avait été retiré à temps, c'est-à-dire au moment où les flammes commençaient à mordre ses manches. Son large torse semblait avoir été coulé dans le même bronze que le *Persée* de Benvenuto Cellini. Un trait livide serpentait dans ses cheveux grisonnants, descendait le long d'un des côtés de son visage et de son cou, et plongeait sous sa vareuse. De quoi s'agissait-il ? D'une marque qu'il avait reçue en naissant ? D'une cicatrice consécutive à quelque terrible blessure ?

Un instant, je demeurai comme fasciné par ce trait livide. Puis je me demandai pourquoi le capitaine Achab affectait cette attitude raide, presque arrogante. Et, tout à coup, je compris. On ne m'avait pas trompé : la jambe sur laquelle il s'appuyait était faite avec l'ivoire poli d'une mâchoire de cachalot. On assurait qu'il gardait dans sa cabine plusieurs jambes de rechange, toutes semblables à celle-là.

Sa position singulière, elle aussi, ne manqua pas de me surprendre. Mais je ne tardai pas à remarquer qu'il avait fait pratiquer dans le pont, près des haubans d'artimon[17], des trous de tarière[18] profonds d'un demi-pouce, dans lesquels il assujettissait sa jambe artificielle. Pour se tenir en équilibre, il serrait l'un

17. Cordes servant à attacher le mât situé à l'arrière.
18. Trous percés dans le bois par une grande vrille.

des haubans dans sa main gauche. Il regardait droit devant lui, au-delà de la proue du navire. Il ne prononçait pas une parole. Ses officiers évoluaient en silence autour de lui et montraient, par leurs expressions, qu'ils n'ignoraient rien du tourment qui rongeait leur maître. En effet, le sombre Achab semblait porter sur son visage le reflet d'une angoisse dévorante…

Après cette première apparition, il regagna sa cabine. Mais, par la suite, le temps ne cessant de s'améliorer à mesure que nous nous approchions de l'équateur[19], nous le revîmes presque chaque jour sur le gaillard d'arrière, puis, bientôt, presque chaque nuit.

Dès que les quarts étaient réglés et que la bordée de pont veillait sur le sommeil de la bordée d'en bas, le timonier[20] voyait soudain le vieil homme mutilé émerger lentement de son écoutille. La plupart du temps, sans doute pour ne pas gêner ses officiers qui dormaient juste au-dessous de lui, le capitaine Achab allait s'asseoir à sa place ordinaire, sur un tabouret façonné, tout comme sa jambe, dans une mâchoire de cachalot.

Mais, une nuit, plus tourmenté probablement qu'à l'ordinaire par son angoisse, il se mit, de son pas aussi

19. Cercle imaginaire qui partage la Terre en deux hémisphères.

20. Marin qui tient la barre, s'occupe de surveiller la route du navire, les signaux, etc.

pesant que celui d'un ours, à arpenter le pont, du gaillard d'arrière[21] au grand mât. Stubb, empêché de dormir, quitta son hamac, monta à son tour sur le pont et, s'approchant du capitaine Achab, lui dit en s'efforçant de prendre un ton détaché :

— Bien sûr, capitaine, personne ne peut vous empêcher de vous promener si vous en avez envie. Cependant, pour que vous fassiez moins de bruit, il y aurait peut-être un moyen... Vous pourriez, par exemple, placer un tampon d'étoupe[22] sous votre jambe d'ivoire...

Pauvre Stubb ! Tu ne connaissais pas encore le redoutable Achab !

— Quoi ? rugit le capitaine. Suis-je donc un boulet de canon que tu veuilles me bourrer de la sorte ? Allons, laisse-moi tranquille ! Et retourne à ta niche, chien !

Stubb, stupéfait, demeura un moment bouche bée. Puis, se ressaisissant, il répliqua :

— Vous savez, capitaine, je n'ai pas l'habitude d'être traité de cette façon !

— Fiche-moi le camp ! grommela Achab.

Puis il tourna le dos et commença de s'éloigner. Redoutait-il les éclats de sa propre colère ?

Mais Stubb, enhardi, lui emboîta le pas.

— Vous savez, capitaine, je ne permets pas que vous me traitiez de chien...

---

21. Sur un voilier, partie à l'arrière du grand mât.
22. Fait avec de vieux cordages.

— Dans ces conditions, je te traite de mulet, d'âne, de bourrique ! Maintenant, va-t'en ! Sinon, je débarrasse l'univers de ta présence !

Et, tout en parlant, après avoir fait brusquement demi-tour, il s'avançait vers son premier lieutenant avec une expression si effrayante que celui-ci, dans un mouvement involontaire, recula, puis descendit avec précipitation l'écoutille conduisant à sa cabine.

Dès que Stubb eut disparu, Achab se tint un moment penché sur le bastingage. Après quoi, comme il le faisait presque toutes les nuits depuis quelques jours, il envoya l'un des marins de quart chercher son tabouret d'ivoire et sa pipe. Il alluma sa pipe à la lampe de l'habitacle[23], installa son tabouret sur le pont, du côté exposé au vent, s'assit et se mit à fumer.

Quelques instants plus tard, après avoir tiré plusieurs bouffées que le vent rabattait sur son visage, il commença à murmurer :

— Comment se fait-il que le tabac ne me calme même plus ? Ô ma pipe, comme le chemin va être pénible si ton charme n'agit plus sur moi ! Tu me versais la paix, la sérénité… Mais je vois que tu m'es devenue inutile… Eh bien, puisqu'il en est ainsi, je ne fumerai plus !

Il jeta la pipe à la mer et, se levant, il se remit en marche sur le pont. De temps à autre, pour ne pas

---

23. Armoire contenant le compas de route et les lampes.

perdre l'équilibre, il lui fallait se cramponner aux cordages.

Le lendemain matin, Stubb dit à Flask :

— Si tu savais ce qui m'est arrivé ! J'ai fait un rêve, ou plutôt un cauchemar. Nous nous querellions, le vieux et moi. Et voilà qu'il me flanque un coup de pied avec sa jambe d'ivoire ! Je veux riposter. Je lève ma jambe droite et je m'aperçois qu'elle se détache de mon corps ! Que penses-tu de cela ?

— Bah... ça me semble assez ridicule...

— Non, Flask, ce n'est pas ridicule. C'est un avertissement pour nous tous. Tu vois le capitaine, là-bas, à l'arrière ? Il regarde fixement le large... Eh bien, je vais te donner un conseil : laisse-le tranquille, ne réplique jamais, quoi qu'il te dise... Mais écoute ! Il crie !

En effet, le capitaine Achab criait :

— Hé ! là-haut, la vigie[24] ! Et vous tous, remuez un peu ! Il y a des baleines dans les parages ! Si vous en voyez une blanche, hurlez à vous en faire éclater les poumons !

Stubb regarda Flask.

— Alors, ton avis, Flask ? Bizarre, n'est-ce pas ? Tu as entendu ? Une baleine blanche ! Tu te rends compte ? Ma parole, il perd la tête... Mais, chut ! Le voilà.

24. Matelot chargé d'observer en haut d'un mât.

5

« Tout le monde à l'arrière ! »

Un matin, quelques instants après le petit déjeuner et peu de jours après l'épisode de la pipe, le capitaine Achab, suivant son habitude, sortit de sa cabine et monta sur le pont. Bientôt, levant son front ridé où se creusait de plus en plus l'empreinte d'une idée fixe, il fit résonner les planches sous son pas ferme et dur.

— Tu le vois, Flask ? murmura Stubb à l'oreille du second lieutenant. Ça bouge dans son crâne. Le poussin qui est dedans ne va pas tarder à briser la coquille !

Plusieurs heures passèrent de la sorte. À maintes reprises, Achab regagna sa cabine, remonta sur le pont. Mais son expression demeurait celle d'un fanatisme exalté.

Vers le soir, il s'arrêta près du bastingage, inséra sa jambe d'ivoire dans le trou qui se trouvait le plus près de lui, saisit d'une main un hauban et ordonna à Starbuck, son second :

— Rassemblez tout le monde à l'arrière.

— Pardon, capitaine ? fit Starbuck, qui croyait avoir mal entendu, car cet ordre n'était jamais donné que dans des circonstances exceptionnelles.

— Tout le monde à l'arrière ! répéta Achab. Et vous, là-haut, les vigies, descendez ! Les vigies, c'est à vous que je m'adresse plus particulièrement ! Vous vous souvenez, n'est-ce pas, des ordres que je vous ai donnés à propos de la baleine blanche ? Eh bien, ajouta-t-il en levant au-dessus de sa tête un objet brillant, vous voyez cette pièce d'or espagnole, ce doublon[1] ! Il vaut seize dollars !

Puis, se tournant vers Starbuck :

— Passez-moi le maillet[2] qui est là-bas !

Dès que Starbuck se fut exécuté, le capitaine Achab s'approcha du grand mât, brandit d'une main le maillet et poursuivit de la même voix vibrante, tout en continuant à montrer la pièce d'or :

— Cette pièce appartiendra à celui d'entre vous qui me signalera le premier une baleine blanche à front ridé, à mâchoire de travers, avec trois trous dans le côté tribord[3] de sa queue !

1. Monnaie d'or espagnole.
2. Marteau en bois.
3. Côté droit d'un navire quand on regarde vers l'avant.

Et, sur ces mots, il cloua la pièce dans le bois du mât. Enthousiasmés, les marins criaient à chaque coup de maillet :

— Hourra ! Hourra ! Hourra !

L'opération terminée, Achab jeta l'outil sur le pont et conclut en ces termes :

— Vous avez bien entendu, les gars ? Une baleine blanche ! Crevez-vous les yeux pour me la trouver ! Il me la faut absolument !

À ce moment, Tashtego, l'Indien, s'avança d'un pas et dit :

— Cette baleine dont vous parlez, capitaine, n'est-ce pas celle que d'aucuns appellent Moby Dick ?

— Oui, Moby Dick ! hurla le vieil homme. Tu la connais donc ? Tu connais donc la baleine blanche, Tash ?

— Peut-être, capitaine, si c'est celle qui met sa queue en éventail avant de plonger ?

— Et, si j'ai bonne mémoire, intervint Daggoo, le Nègre gigantesque, elle a un jet curieux, rapide, puissant et épais. N'est-ce pas, capitaine ?

C'est alors que Queequeg, à son tour, s'avança d'un pas.

— Et elle avoir beaucoup de harpons dans la peau, n'est-ce pas, capitaine ? demanda-t-il. Harpons tordus comme des… comme des…

— Comme des tire-bouchons ! cria le capitaine. Oui, Queequeg, les harpons se tordent dans son corps comme des tire-bouchons… Quant à toi, Daggoo, tu as raison : son jet est plus rapide, plus puissant, plus épais que celui de n'importe quelle autre baleine ! Et toi aussi, Tashtego, tu as raison : sa queue, lorsqu'elle s'évente, ressemble à un foc[4] déchiré et claquant dans la tempête ! Enfer et damnation, les gars, c'est bien Moby Dick que vous avez vue, c'est bien Moby Dick que vous connaissez ! Moby Dick ! Moby Dick !

Les trois officiers du bord n'avaient cessé de contempler leur chef avec une surprise grandissante. Starbuck se détacha de leur petit groupe.

— Capitaine, fit-il avec l'air d'un homme qui vient d'être frappé d'une idée, n'est-ce pas Moby Dick qui vous a coupé votre jambe ?

— Qui t'a raconté ça ? rugit Achab.

Puis, se maîtrisant :

— Oui, Starbuck ! Oui, vous tous, les gars, c'est Moby Dick qui m'a démâté[5] ! Oui, c'est à Moby Dick que je suis redevable de ce moignon sur lequel je m'appuie maintenant ! Oui, c'est cette maudite baleine blanche qui a fait de moi, pour le reste de mes jours, une espèce de marin d'eau douce !

Et, levant vers le ciel deux bras tremblants :

— Mais je la pourchasserai partout : au cap de Bonne-Espérance, au cap Horn, dans le Maelström[6] de Norvège… Jusqu'en enfer s'il le faut ! Jamais je ne renoncerai à la détruire ! C'est pour cela que vous

---

4. Voile triangulaire.
5. « M'a fait perdre ma jambe. »
6. Tourbillon marin.

êtes tous embarqués avec moi ! Nous la tuerons ensemble ! Je veux la voir rejeter du sang noir par ses évents[7] ! Je veux la voir le ventre en l'air ! Nous la traquerons jusqu'aux extrémités de la Terre ! Qu'en dites-vous, les gars ? Êtes-vous d'accord ? Vous m'avez l'air de gaillards courageux !

— Et nous vous en donnerons la preuve, capitaine ! crièrent ensemble marins et harponneurs.

Ils se pressaient de plus en plus autour du vieil homme exalté.

— Dieu vous bénisse ! répondit Achab d'une voix que les sanglots étranglaient. Qu'on aille me chercher une grande mesure de rhum ! Nous allons boire à la mort de Moby Dick !

Le steward[8] lui ayant remis un grand pot d'étain, plein jusqu'au bord, il ajouta :

— Les harponneurs seront servis les premiers, car ils sont les vrais seigneurs de notre fête. Approchez, Queequeg, Tashtego, Daggoo ! Ensuite, les officiers ! Approchez, Starbuck, Stubb, Flask ! Arrachez à leurs manches les fers de vos harpons et de vos lances... Très bien. Et maintenant, orientez la pointe vers le bas. Voilà qui est parfait !

Lorsqu'il eut rempli de rhum les fers creux des harpons et ceux des lances, il continua :

---

7. Trous des narines des cétacés, situés sur le sommet de la tête.

8. Ici, marin faisant office de serveur.

— Saluez ces calices[9] meurtriers, puis videz-les d'un trait. Et maintenant, jurez : que Dieu nous anéantisse tous si nous ne poursuivons Moby Dick jusqu'aux confins de l'univers ! Mort à Moby Dick !

Aux acclamations de l'équipage, les harponneurs et les officiers levèrent les fers de leurs armes et les portèrent à leurs lèvres. Lorsqu'il eut vidé le sien, Starbuck, très pâle, se détourna et s'éloigna en frissonnant. Le capitaine Achab regarda les marins se passer le pot de rhum. Puis, après les avoir salués d'un signe de main, il se dirigea vers l'écoutille et descendit dans sa cabine.

Si nous avions suivi le capitaine en bas, jusque dans sa cabine, nous l'aurions vu s'approcher d'un coffre, en soulever le couvercle et en retirer un rouleau de cartes jaunies et chiffonnées. Il les déploya devant lui, sur sa table, dont les quatre pieds étaient vissés dans le plancher. Ensuite, après s'être assis, il les étudia avec attention et, d'un crayon énergique, traça des lignes sur des parties encore vierges. Parfois, il levait la tête, prenait un vieux livre de bord et le consultait pour s'assurer de certains endroits où les navires de jadis avaient signalé, sinon capturé, des cétacés, baleines ou cachalots.

Après avoir travaillé de la sorte jusqu'à une heure avancée, il murmura, en passant la main sur son front :

9. Vases où l'on consacre le vin, pendant la messe.

— Je la cerne de plus en plus ! M'échappera-t-elle ? Non, c'est impossible ! Ses larges nageoires sont percées de trous, dentelées comme les oreilles d'un mouton égaré…

À ce moment, son imagination se remettait à délirer, à l'entraîner dans des courses folles qui le conduisaient aux quatre coins de la planète, si bien qu'épuisé, et sur le point de perdre connaissance, il lui fallait, pour retrouver ses forces, monter sur le pont et respirer quelques minutes l'air vivifiant du large. Heureux l'homme dont le sommeil n'est troublé par rien et coule comme un ruisseau paisible ! Le capitaine Achab, lui, hanté par le désir de tirer une éclatante vengeance de la baleine blanche, dormait les poings crispés et ne s'étonnait plus, lorsqu'il s'éveillait, de trouver ses ongles enfoncés jusqu'au sang dans les paumes de ses mains.

Il avait cependant des instants de froide lucidité. C'était durant l'un de ces instants que, contrairement à la coutume selon laquelle le capitaine d'un baleinier ne participe pas lui-même aux opérations de pêche, il s'était adjugé la quatrième baleinière, celle qui se balançait à tribord, près du gaillard d'arrière. Et non seulement se l'était attribuée, mais encore avait constitué pour cette baleinière un équipage de cinq hommes basanés que dirigeait un certain Fedallah. Ce personnage, dont je n'avais pas remarqué la présence le jour de notre départ, semblait s'être formé des brumes de la mer. De haute taille, il portait une sorte de veste chinoise du même noir funèbre que son visage, ainsi qu'un turban immaculé qu'il ne quittait jamais. Il me fallut quelque temps pour découvrir qu'il ne s'agissait pas d'un turban, mais de ses tresses neigeuses enroulées autour de sa tête.

Tout cela – cette baleinière, cet équipage mystérieux – prouvait que le capitaine Achab avait bien l'intention de contribuer lui-même, de sa main, à la destruction de Moby Dick.

6

Le jet fantôme

Les jours, les semaines passaient sans incident notable. À bonne allure, le *Pequod* avait sillonné l'Atlantique en tous sens, des Açores à Sainte-Hélène, de Sainte-Hélène à l'embouchure[1] du rio de la Plata, de l'embouchure du rio de la Plata jusqu'à cette zone assez vague, située au sud de Sainte-Hélène et appelée Carrol Ground.

Ce fut dans les eaux du Carrol Ground, par une nuit calme et lumineuse, une nuit que troublait seul le mol déroulement des vagues, que l'une de nos vigies aperçut tout à coup, droit devant nous et à quelque distance du bouillonnement de notre étrave[2],

1. Lieu où la rivière se jette dans la mer.
2. Pièce saillante qui forme la proue (l'avant) d'un navire.

un jet argenté qu'éclairaient les rayons de la lune. On aurait dit, scintillant et casqué de plumes blanches, un dieu émergeant des profondeurs de la mer. Ce fut Fedallah qui, le premier, signala sa présence. Par les nuits claires, il avait coutume, en effet, d'aller se percher dans la hune et d'y surveiller toute la surface visible de l'Atlantique. Lorsque les hommes de l'équipage l'entendirent crier : « Là-bas ! Regardez ! Elle souffle ! », ce fut comme s'ils venaient de percevoir les accents triomphants de la trompette du Jugement dernier. Et chacun souhaita qu'on mît à profit cette occasion pour lancer enfin les baleinières.

Deux secondes plus tard, le capitaine Achab apparaissait sur le pont. De son pas rapide et heurté, il gagna le gaillard d'arrière et ordonna de déferler[3] perroquet[4], cacatois[5], bonnettes[6]. Il plaça à la barre le meilleur timonier du bord, envoya des vigies supplémentaires dans les nids-de-pie. De longues heures, le *Pequod*, poussé par un vent assez fort, marcha bon train sous les étoiles, et dans un silence que rompait seul le bruit fait par le capitaine en martelant le pont avec sa jambe d'ivoire. Cependant, cette nuit-là, nul ne revit le jet argenté. Mais tous les marins étaient prêts à jurer qu'ils l'avaient aperçu.

---

3. Déployer une voile.
4. Voile carrée (située en haut du premier mât, à l'avant).
5. Petite voile au-dessus du perroquet.
6. Voiles carrées supplémentaires que l'on installe sur les bouts-dehors (pièces de bois).

Le surlendemain, à la même heure, les vigies le signalèrent de nouveau. Chacun put le contempler pendant un temps assez long. Néanmoins, lorsqu'on mit le cap sur lui, il se volatilisa comme la première fois. Et, nuit après nuit, ce fut la même chanson : le jet fantôme se dressait tout à coup sur les flots et se dissipait presque aussitôt, tel un songe. Plusieurs voulurent cesser d'y prêter attention. Mais la plupart continuaient à se poser des questions à son sujet. Et tous, sans rien dire, nous avions l'impression qu'il cherchait à nous intriguer, à nous entraîner plus loin, à nous attirer peut-être dans quelque piège incompréhensible.

Une crainte vague, mais tenace, s'était emparée de nous. Et cette frayeur s'accrut encore lorsque nous entendîmes hurler les bourrasques du Cap et que nous fûmes secoués par des lames énormes et troubles. Maintenant, le *Pequod*, toujours volontaire, toujours rageur, fonçait dans la tempête en s'inclinant sous ses coups de boutoir[7]. Tout le jour, les copeaux blanchâtres de l'écume roulaient sur le pont.

Chaque matin, des essaims entiers de corbeaux de mer volaient autour de notre mâture[8] et se posaient sur nos vergues[9] où, malgré nos menaces, ils demeuraient perchés, considérant sans doute notre navire comme une épave déjà à la dérive. Sous nos yeux,

7. Sous ses attaques.
8. Ensemble des mâts.
9. Pièces de bois en croix servant à fixer des voiles.

l'océan haletait, à la manière d'un être angoissé et bourrelé de remords.

Cap de Bonne-Espérance, dit-on aujourd'hui… Pourquoi a-t-on cessé de l'appeler, comme autrefois et à juste titre, le cap des Tempêtes ?

Aussi longtemps que les éléments se déchaînèrent contre nous, le capitaine assura le commandement. Plus sombre encore qu'à l'ordinaire, il adressait à peine la parole à ses officiers. Sa jambe d'ivoire plantée dans un trou de tarière, sa main cramponnée à l'un des haubans, il restait des heures immobile, le regard fixé devant lui, les cils chargés de neige ou de grésil.

Au sud-est du cap de Bonne-Espérance et au large des lointaines îles Crozet, c'est-à-dire dans une zone particulièrement favorable aux pêcheurs de baleines, nous aperçûmes un jour la haute silhouette d'un voilier, l'*Albatros*. Juché ce jour-là dans le nid-de-pie[10] du mât de misaine[11], je fus l'un des premiers à pouvoir contempler – spectacle saisissant pour le novice que j'étais alors – un baleinier qui n'avait pas vu son port d'attache depuis longtemps et croisait au grand large.

Il avait l'air d'un squelette de morse. Sur ses flancs blanchis par l'action des vagues, la rouille dessinait de longues traînées roussâtres. Ses espars[12] et son

---

10. Poste d'observation sur un mât.
11. Premier mât situé à l'avant.
12. Pièces de bois utilisées comme mâts, beauprés ou vergues.

gréement[13] ressemblaient à des branchages gainés de givre. Seules ses basses voiles étaient déferlées. Quant à ceux de ses matelots perchés en vigie dans les nids-de-pie de ses trois mâts, ils formaient un bien curieux tableau, avec leurs vêtements en lambeaux[14] et leurs barbes broussailleuses.

Lorsque l'*Albatros* passa tout près de notre poupe, une voix – celle du capitaine Achab – s'éleva soudain de notre gaillard d'arrière :

— Ohé ! du navire ! Avez-vous vu la baleine blanche ?

Le capitaine de l'*Albatros* s'approcha du bastingage, leva son porte-voix et, sans doute par maladresse, le laissa tomber à la mer. Il répondit néanmoins à la question posée par Achab. Mais ses paroles furent entraînées au loin par le vent, tandis que son navire s'écartait progressivement du nôtre. Le capitaine Achab paraissait réfléchir. Allait-il mettre une chaloupe à la mer ? Cependant, renonçant à cette idée, il saisit à son tour son porte-voix et cria :

— Ohé ! là-bas ! Je vous reconnais. Vous êtes de Nantucket. Ici, le *Pequod* ! Nous faisons le tour du monde. Faites adresser nos lettres dans l'océan Pacifique ! Et, si nous ne sommes pas de retour dans trois ans, dites à nos familles de nous écrire à...

À ce moment, les deux sillages se confondirent et – fait surprenant – des poissons, qui, depuis des jours

13. Ensemble des voiles et des poulies.

14. Qui tombent en morceaux.

et des jours, glissaient en rangs serrés le long de nos flancs, nous quittèrent brusquement et allèrent se masser à l'arrière de l'*Albatros*. Achab – rien n'échappait à ce diable d'homme ! – se pencha sur la rambarde[15] et murmura, comme s'il voyait un sens à cet abandon :

— Vous me lâchez, hein ? Vous me lâchez !

Lui si violent à l'accoutumée, si autoritaire, il avait parlé avec un accent de profonde tristesse. Mais, retrouvant sur-le-champ son intonation impérieuse, il se tourna vers le timonier qui, jusque-là, avait manœuvré pour réduire la vitesse, et lui ordonna :

— Laissez porter ! Et en route pour le tour du monde !

Une demi-heure plus tard, l'*Albatros* disparaissait à l'horizon, tandis que chacun de nous, avec une surprise mêlée d'appréhension et de fierté, se répétait dans son for intérieur : « Le tour du monde ! Le tour du monde !... »

Les jours suivants, le *Pequod* s'éloigna des îles Crozet par le nord-est, en direction de Java. Il traversait sans cesse de vastes étendues de « brit », cette substance jaune qui flotte à la surface de la mer et dont les baleines font leur principale nourriture. Ses trois mâts se balançaient mollement sous la brise douce, qui le poussait à une allure régulière. Et

15. Cordage tendu autour des passerelles d'un navire et aux deux extrémités du pont supérieur.

presque chaque nuit, les vigies continuaient à signaler, solitaire et mystérieusement attirant, le jet argenté…

Un matin, plus transparent et plus bleu encore que les précédents, Daggoo, qui se trouvait dans le nid-de-pie du grand mât, aperçut au loin une masse blanche qui s'affaissa bientôt et sombra. Puis elle reparut et se remit à luire comme une colline de neige. « Est-ce Moby Dick ? » se demandait le harponneur. Enfin, comme la masse blanche repassait, il ne put s'empêcher de hurler :

— Là-bas ! Là-bas ! Droit devant ! C'est la baleine blanche ! La baleine blanche !

Immédiatement, tous les marins se précipitèrent dans les vergues. Tête nue malgré le soleil ardent, le capitaine Achab monta sur le beaupré[16]. Puis, après un examen de quelques secondes, il donna l'ordre de mettre les chaloupes à la mer. Croyait-il, lui aussi, se trouver en présence de Moby Dick ?

Quelques instants après, les quatre baleinières, celle du capitaine en tête, filaient vers leur proie. Petit à petit, la masse blanche se précisait. Elle n'avait ni tête, ni front, ni nageoire. Mais, de son centre, rayonnaient d'immenses bras qui se tordaient comme des serpents et semblaient prêts à happer tout ce qui se présenterait à leur portée. Ce monstre informe avait sans doute senti notre approche, car, avec un sourd bruit de succion[17], il se laissa couler de nouveau et

16. Mât un peu oblique, placé à l'avant du navire.
17. Action de sucer ou d'aspirer.

ne reparut plus. Tout en regardant le tourbillon formé à l'endroit où il s'était enfoncé, Starbuck déclara :

— J'aurais préféré me colleter avec Moby Dick que de t'avoir vu, maudit fantôme blanc !

— De quoi s'agissait-il donc ? lui demanda Flask.

— C'était le grand « squid[18] », le grand encornet[19] des mers chaudes, répondit Starbuck. Les vaisseaux qui le rencontrent, assure-t-on, ne rentrent jamais à leur port d'attache…

Le capitaine Achab, lui, ne disait mot. Après avoir fait virer sa baleinière, il regagna le *Pequod*. Nous le suivîmes en silence.

Si, pour Starbuck, l'apparition du « squid » était un mauvais présage, il ne semblait pas en être de même pour Queequeg.

— Quand vous voir « squid », dit-il en posant son harpon sur l'avant de la baleinière, lorsque celle-ci eut été hissée à bord, vous voir bientôt cachalots et baleines.

Le lendemain, le temps fut calme et lourd. N'ayant rien à faire, les marins du *Pequod* avaient peine à résister au sommeil. Il faut dire que nous voguions maintenant dans l'océan Indien, c'est-à-dire que nous traversions l'une des surfaces liquides les moins animées, les moins distrayantes du globe terrestre. J'étais de vigie au mât de misaine. Appuyé contre la toile molle du cacatois et bercé par les mouvements

18. Mot anglais pour *encornet.*
19. Sorte de calamar, mollusque marin.

souples et moelleux du navire, je me mis à rêver, puis je fermai les yeux.

Mais, subitement, j'eus l'impression que des bulles venaient d'éclater sous mes paupières closes. Saisissant les haubans les plus proches, je m'y agrippai de toutes mes forces. Par quel miracle avais-je été éveillé au moment où, peut-être, j'allais basculer dans le vide ? Je me secouai, ouvris les yeux... et aperçus, tout près de nous, à moins de quarante brasses[20], un gigantesque cachalot qui se roulait dans les vagues, en lançant de temps à autre un jet d'eau vaporisée qui le faisait ressembler à quelque gros bourgeois fumant tranquillement sa pipe au soleil. Un instant plus tard, tout l'équipage était sur les dents.

— Les baleinières à la mer ! cria le capitaine Achab.

Puis, écartant d'un geste le timonier, il donna lui-même un violent coup de barre à tribord.

Alerté sans doute par nos cris, le cachalot décrivit une courbe majestueuse et s'éloigna sous le vent. Le capitaine nous donna l'ordre de ne plus parler. Alors, nous nous installâmes en silence dans les quatre baleinières et nous nous lançâmes à la poursuite du monstre. Brusquement, celui-ci souleva sa queue, l'agita en l'air à une hauteur de quarante pieds environ et plongea. On aurait dit une flèche d'église engloutie par un raz de marée.

---

20. À moins de 60 m (1 brasse = 1,60 m).

Profitant du répit qui nous était ainsi accordé, Stubb tira sa pipe de sa poche et l'alluma. Écoulé le temps normal de sa plongée, le cachalot reparut, à l'avant de la baleinière commandée par le fumeur, et assez loin des trois autres. Dès ce moment, le premier lieutenant pensa : « Il est à moi ! » Et, s'adressant à ses compagnons :

— Suivez-le, suivez-le, les gars ! Mais ne vous pressez pas outre mesure. Toi, Tashtego, garde ton sang-froid ! Les choses, tu vas le voir, vont se passer le mieux du monde !

Tout en parlant, il tirait de sa pipe bouffée sur bouffée.

— *Wou-hou !*

C'était l'Indien qui, pour répondre au premier lieutenant, lançait le cri de guerre de sa tribu.

— *Yi-hi !* hurla Daggoo de la baleinière voisine.

— *Ka-la ! Kou-lo !*

Cette fois, c'était Queequeg qui, naturellement, se trouvait dans la même baleinière que moi.

Les quatre embarcations bondissaient, tanguaient, fendaient les lames.

Soudain, Stubb se dressa et cria :

— À toi, Tashtego !

Dès que l'Indien eut lancé son harpon, le premier lieutenant ajouta :

— Maintenant, les gars, sciez partout[21] !

---

21. « Ramez en sens contraire. »

Les rameurs s'arrêtèrent, levèrent leurs avirons et, avec ensemble, commencèrent à nager en sens contraire.

Alors, Stubb se mit à dérouler la ligne fixée à un robuste tambour. Et, au moment où la baleinière était entraînée à une vitesse qui croissait de seconde en seconde, le premier lieutenant et son harponneur changèrent de place, c'est-à-dire que Stubb alla se placer à l'avant, tandis que Tashtego s'asseyait près du tambour.

La ligne se tendait, se tendait de plus en plus. La baleinière ne glissait pas sur les flots : elle volait ! Enfin – au bout de combien de temps ? – le cachalot ralentit son allure.

— Ferme ! Ferme, les gars ! rugit Stubb.

Avec habileté, il vira, alla se placer au flanc du cachalot et, posant le genou sur le plat-bord[22], il brandit sa lance et se mit à frapper le cétacé à coups redoublés. À chacun de ses commandements, la baleinière reculait, pour ne pas se trouver prise dans les remous provoqués par le monstre. L'instant d'après, toujours au commandement, elle revenait à la charge.

— Plus près ! Plus près ! hurla Stubb, en brandissant de nouveau sa lance.

Cette fois, la baleinière se rangea tout contre le flanc de la prodigieuse masse de chair agonisante. Stubb y plongea sa lance avec une énergie surhumaine. Atteint

22. Ceinture de bois qui entoure les ponts et limite les bordages en bois.

enfin au cœur, le cachalot roula sur lui-même avec tant de violence que la baleinière dut encore reculer.

Puis ses redoutables convulsions se firent plus espacées, plus lentes. Lorsqu'elles eurent cessé tout à fait, Daggoo, debout dans une baleinière voisine, dit à Stubb :

— Il est mort !

— Oui, répondit le premier lieutenant. Il a cessé de fumer sa pipe. Moi aussi, d'ailleurs…

Et, tirant sa pipe de sa bouche, il en éparpilla les cendres sur les flots, en contemplant d'un air pensif le formidable cadavre qu'il venait de faire.

Attelant trois des baleinières en flèche, nous commençâmes à remorquer lentement notre trophée. Nous étions dix-huit hommes aux avirons, c'est-à-dire trente-six bras, ou, si l'on préfère, cent quatre-vingts doigts et pouces. Pourtant, il nous fallut plusieurs heures pour couvrir la distance qui nous séparait du *Pequod*.

La nuit tomba. Trois fanaux[23], placés à différentes hauteurs sur l'un des mâts du navire, éclairaient notre marche. Un autre se balançait par-dessus le bastingage. En approchant, nous constatâmes qu'il était tenu par le capitaine Achab lui-même. D'un œil vide, il regarda quelques secondes le cachalot, donna l'ordre de l'arrimer pour la nuit et, après avoir remis son fanal au marin placé le plus près de lui, gagna

23. Grosses lanternes.

l'écoutille conduisant à sa cabine. Il ne devait reparaître que le lendemain matin.

Bientôt, les marins lancèrent par les sabords[24] de lourdes chaînes. Une demi-heure plus tard, le cachalot était solidement attaché le long du navire, la queue vers la proue, la tête vers la poupe, comme c'était la coutume. Dans l'ombre de la nuit, le *Pequod* et sa proie avaient l'air de deux bœufs colossaux accouplés au même joug.

Puis Stubb, après avoir commandé cette opération d'un bout à l'autre, s'approcha de Daggoo et lui dit avec une intonation joyeuse, car il était encore dans l'ivresse de sa victoire :

— Saute par-dessus le bastingage et va m'en couper une tranche, une bonne tranche, dans la queue !

Il importe de souligner que le premier lieutenant, comme nombre de pêcheurs de Nantucket, était friand de la chair des grands cétacés, surtout lorsqu'elle provenait de la partie qu'il avait indiquée.

À minuit, la tranche était non seulement coupée, mais cuite. Éclairé par deux fanaux, Stubb, utilisant le cabestan[25] comme une table, commença de se régaler.

---

24. Ouvertures servant à faire passer la bouche des canons.
25. Treuil (appareil de levage).

7

Funérailles d'un cachalot

Le lendemain était un dimanche. Mais nous avions trop d'ouvrage[1] pour observer le repos dominical. Dès l'aube, le *Pequod* fut transformé en un immense abattoir, et tous les marins en bouchers. On aurait juré que nous étions en train de sacrifier dix mille taureaux aux dieux de la Mer !

En premier lieu, une grappe de poulies fut hissée dans la grand-hune[2] et solidement fixée au mât. Puis, sur l'une de ces poulies, on passa une robuste haussière à laquelle pendait le « crochet à lard », et dont l'autre extrémité était reliée à un treuil. Les préparatifs terminés, Stubb et Starbuck, penchés par-dessus

1. De travail.
2. Voile carrée.

le bastingage, pratiquèrent avec leurs lances, dans le corps du cachalot, un trou suffisant pour y planter le crochet. Dès que le crochet fut en place, une dizaine de marins, entonnant une chanson sauvage, s'appliquèrent au treuil et le firent tourner. D'abord, le navire tressaillit, frissonna. Puis il s'inclina de plus en plus. À chaque tour de treuil, les vagues, autour de la coque, se soulevaient en tempête. Enfin, il y eut comme une explosion. Le *Pequod* se redressa et le crochet commença de monter, entraînant la première lanière de lard. Les cétacés sont entourés de leur lard comme l'orange de son écorce. L'opération n'en était donc qu'à son début. Le treuil continuait à tourner, le cachalot roulait sur lui-même et la lanière s'allongeait, s'allongeait sans cesse. Lorsqu'elle eut atteint la grand-hune, le treuil s'arrêta. Un instant plus tard, un nouveau crochet était planté dans le corps du cachalot, le treuil se remettait à tourner et la seconde lanière s'élevait lentement vers le sommet de la mâture. Mais, tandis que cette manœuvre se poursuivait, que la troisième, la quatrième, la cinquième lanière étaient arrachées au cadavre du cachalot, une équipe de marins spécialisés les faisaient descendre l'une après l'autre par une écoutille dans une cale spacieuse appelée « chambre à lard » et, dans la pénombre, les roulaient côte à côte, au rythme de la chanson lancée maintenant à pleins poumons par leurs compagnons qui, là-haut, continuaient à peser de toutes leurs forces sur les manivelles du treuil.

— Halez les chaînes et laissez filer la carcasse !

Les crochets, les poulies et le treuil ont fait leur devoir. Après avoir « pelé » le cachalot, on l'a décapité, et sa tête sanglante a été pendue au flanc du *Pequod*, comme Judith avait attaché à sa ceinture la tête du géant Holopherne. Un fantôme blanc, colossal et informe – tout ce qui reste du cétacé –, s'éloigne lentement dans les flots, où tourbillonnent les requins insatiables. Des centaines d'oiseaux de proie le survolent en criant et achèvent de le déchiqueter, de leurs becs acérés comme des poignards.

Une heure plus tard, vers midi, la carcasse n'était plus qu'une tache indistincte sur l'horizon. Mais, sur le pont désert, régnait maintenant un silence de funérailles. Tout à coup, le capitaine Achab surgit de son écoutille, se pencha par-dessus le bastingage et contempla longuement la tête monstrueuse accrochée au flanc du navire.

— Parle… dis-moi ton secret ! murmurait-il. Toi qui plonges au plus profond des océans, toi pour qui le temps n'a pas de sens, toi qui as vu tant de croisières triomphantes, mais aussi tant de naufrages ! Parle, je t'en prie ! Dis-moi…

Il s'interrompit brusquement. En effet, l'une des vigies venait de crier :

— Un navire en vue !

— Un navire ? répéta le capitaine Achab en se redressant. Où est-il ?

— Par tribord avant, capitaine ! Et il fait route sur nous !

En effet, le nouveau venu se dirigeait à bonne allure vers le *Pequod.* Il s'agissait du *Jéroboam*, un autre baleinier de Nantucket. Lorsqu'il fut à proximité, il mit une chaloupe à la mer. Cependant, quand son capitaine, un nommé Mayhew, vit que nous nous apprêtions à descendre de notre échelle de coupée[3], il déclara :

— Inutile ! Nous avons une épidémie à bord. Je ne veux donc avoir aucun contact avec vous.

Il arrêta sa chaloupe à quelques brasses du *Pequod.* Parmi les marins qui l'accompagnaient, il y avait un homme d'aspect singulier. Assez jeune et de petite taille, il montrait un visage grêlé[4] sous une chevelure jaune. Et, contrairement aux autres marins, qui portaient tous des vareuses, il était vêtu d'une jaquette à basques[5] dont il roulait les manches trop longues au-dessus de ses poignets.

Dès qu'il l'eut reconnu, Stubb s'écria :

— Mais, ma parole, c'est Gabriel, le toqué du *Jéroboam* !

Il faisait allusion à certaine histoire qui courait à Nantucket au sujet de ce personnage bizarre. Ne racontait-on pas que ce demi-fou, dont les prunelles luisaient d'un éclat fanatique, se prenait pour l'archange Gabriel et avait fini par exercer sur l'équipage du *Jéroboam* une autorité presque souveraine ?

---

3. Ouverture.
4. Marqué par la petite vérole.
5. Grande veste qui descend assez bas sur les hanches.

Répondant à la déclaration du capitaine Mayhew, le capitaine Achab cria :

— Je n'ai pas peur de votre épidémie, mon vieux ! Allons, montez à mon bord !

Mais, entendant ces paroles, Gabriel lâcha son aviron, se dressa debout et hurla :

— Prends garde, capitaine Achab ! Ne crains-tu pas les fièvres jaunes, les fièvres bilieuses[6] ? N'as-tu donc pas peur de l'horrible peste ?

Mayhew voulut lui imposer silence :

— Voyons, Gabriel, assieds-toi et fiche-nous la paix !

Sans se laisser démonter, Achab demanda :

— Avez-vous vu la baleine blanche ?

Gabriel affecta de considérer que cette question lui était adressée et, se dressant de nouveau :

— Ah ! Achab, ne peux-tu donc imaginer ta baleinière défoncée et coulée ! Songe, songe à la formidable queue de la baleine blanche !

— Écoute, Gabriel, fit le capitaine Mayhew, si tu te lèves encore une fois, si tu rouvres la bouche…

Apparemment réduit au silence, Gabriel reprit place à son banc, et le capitaine Mayhew put enfin raconter au maître du *Pequod* une sombre histoire où Moby Dick jouait le premier rôle.

— Oui, dit-il, deux ans après notre départ de Nantucket, nous avons aperçu Moby Dick, la baleine

6. Qui donnent un teint pâle.

blanche ! Macey, mon second, brûlait de se mesurer avec elle. Lorsque je lui eus donné mon accord, il persuada cinq hommes de l'accompagner dans sa baleinière. Puis il poussa au large, mais dut louvoyer[7] longtemps avant de pouvoir s'approcher du monstre, lequel plongea dès qu'un harpon eut été planté dans sa chair. Macey, sûr déjà de son triomphe, attendait, pour l'achever à coups de lance, qu'il daignât reparaître. Mais, soudain, une masse blanche surgit tout près de la baleinière et, d'un puissant coup de queue, précipita dans les flots mon malheureux second... Je dois reconnaître qu'avant son départ, Gabriel, ici présent, avait prédit à Macey qu'il courait à sa perte.

Mayhew avait terminé son récit. Alors, Achab lui posa de nombreuses questions au sujet de cet accident déplorable, si bien que le capitaine du *Jéroboam* ne put s'empêcher de lui demander :

— Avez-vous donc, vous aussi, l'intention de vous attaquer à Moby Dick ?

— Oui, répondit Achab.

Mais Gabriel, qui s'était tenu coi pendant le récit de son capitaine, se dressa pour la troisième fois et reprit avec véhémence, en pointant vers Achab un index prophétique[8] :

— Songe, songe à Macey, ce blasphémateur[9] qui

---

7. Naviguer en zigzag.
8. Qui prédit l'avenir.
9. Qui insulte Dieu.

dort aujourd'hui au fond de l'océan ! Voudrais-tu partager son sort ?

Achab haussa les épaules.

Un instant plus tard, sur l'ordre du même Gabriel, la baleinière faisait force de rames vers l'autre rive.

Après cet intermède, nous nous remîmes à descendre les lanières de lard du cachalot par l'écoutille et à les rouler dans la cale.

8

La *Jeune Fille*

Dans quelles eaux croisions-nous maintenant ? Je ne saurais le dire avec précision. Sans doute dans les parages des Indes. Bref, au jour marqué par le destin, nous rencontrâmes un baleinier de Brême, la *Jeune Fille*, capitaine Derick de Beer.

Pour quelle raison semblait-il si désireux de nous présenter ses respects ? Il s'arrêta et mit à la mer une baleinière qui s'avança rapidement vers nous. À l'avant de l'embarcation, et paraissant donner des signes d'impatience, se tenait le capitaine Derick de Beer.

— Qu'a-t-il donc dans la main ? demanda Starbuck en montrant un objet que l'Allemand brandissait. Je dois me tromper... On dirait... vous savez bien... l'un de ces entonnoirs qui servent à remplir les lampes...

— Non, ce n'est pas cela, répondit Stubb. C'est une cafetière... Ne voyez-vous pas, près de lui, une bouilloire qui doit être pleine d'eau chaude ? Il vient tout simplement faire notre café. Il y a tout de même des braves types sur les océans !

— C'est Starbuck qui a raison, intervint Flask. Ce que le capitaine de la *Jeune Fille* brandit, c'est bien un entonnoir et, près de lui, il y a un bidon à huile. Il n'a plus d'huile et il vient nous prier de lui en donner.

Dès que le capitaine Derick de Beer fut monté sur le pont du *Pequod*, Achab, sans accorder la moindre attention à ce qu'il tenait à la main, le bombarda de questions au sujet de Moby Dick. Mais l'Allemand, après lui avoir fait comprendre qu'il n'avait jamais aperçu la baleine blanche et que les baleines ordinaires elles-mêmes semblaient se faire de plus en plus rares depuis quelques mois, s'empressa d'ajouter :

— Je n'ai plus d'huile. Seriez-vous assez aimable pour m'en donner ? Je ne voudrais pas, ce soir, comme la nuit dernière, être obligé de me coucher dans l'obscurité.

Son bidon rempli, il redescendit dans la baleinière. Cependant, au moment où il allait remonter sur le pont de la *Jeune Fille*, les vigies des deux navires signalèrent des baleines. Derick de Beer, désireux de mettre à profit sur-le-champ cette occasion, ne prit même pas la peine de se débarrasser du bidon d'huile. Il fit virer sa baleinière et se lança à la poursuite des léviathans[1], tandis que ses marins descendaient les trois autres baleinières de la *Jeune Fille.* Ceux du *Pequod* s'empressèrent eux aussi de mettre à l'eau trois de leurs embarcations de combat. Mais il leur fallut se rendre à l'évidence : les Allemands avaient sur eux une avance considérable.

Il y avait huit baleines. Conscientes du danger qu'elles couraient, elles filaient sous le vent à toute vitesse et en si bon ordre qu'on aurait dit des chevaux attelés[2]. Leur sillage : un large parchemin qu'elles semblaient dérouler interminablement sur la surface des flots.

La dernière baleine, plus lente et sans doute plus vieille que les autres, faisait penser à une énorme vache bossue. Son jet était court, pesant, laborieux, son dos incrusté d'innombrables coquillages jaunâtres. De temps à autre, elle décrivait d'étranges embardées[3] et paraissait sur le point de perdre le contact avec ses sœurs. Soudain, la raison de ces embardées nous apparut clairement : la baleine n'avait plus qu'un moignon à la place de sa nageoire droite.

— Attends un peu, ma mignonne ! lui cria le cruel petit Flask, en montrant la corde placée près de lui. Je vais te donner une écharpe pour ce bras blessé !

---

1. Monstre marin mentionné dans la Bible.
2. Attachés pour tirer quelque chose.
3. Brusques changements de direction.

— Ne faites pas le malin ! lui dit Starbuck. Et ne perdez plus un instant. Sinon, ce sont les Allemands qui l'auront !

En effet, les sept embarcations se dirigeaient toutes vers la même baleine, non seulement parce qu'elle était la plus grosse, mais aussi parce qu'elle était la plus lente et, par conséquent, la plus facile à atteindre. Les trois baleinières du *Pequod* avaient rattrapé celles de la *Jeune Fille*, du moins celles qui avaient été mises les dernières à la mer. Car le capitaine Derick de Beer, lui, tenait toujours la tête, et il était si sûr de son affaire que, dans un geste moqueur, il se retournait de temps à autre en agitant son entonnoir.

Maintenant, les trois baleinières du *Pequod*, dans un élan magnifique, progressaient de front. Mais le capitaine de la *Jeune Fille* demeurait en tête. Allait-il gagner cette course folle ? Une fausse manœuvre anéantit ses espoirs. Sans rime ni raison, l'un de ses rameurs rompit la cadence et, en redressant ses avirons, faillit faire chavirer la baleinière. Derick de Beer l'injuria copieusement, tandis que Starbuck, Stubb et Flask poussaient un cri de triomphe et profitaient de ce répit pour rattraper l'Allemand. La baleine fuyait en dressant la tête. Son jet était devenu continu, son unique nageoire battait l'eau plus furieusement que jamais, ses embardées se multipliaient.

Craignant d'être frustré de sa proie, l'Allemand donna un ordre à son harponneur. Mais, au moment où celui-ci allait exécuter cet ordre, Queequeg, Tashtego et Daggoo se dressèrent comme des ressorts à la proue des baleinières américaines. Leurs harpons sifflèrent, passèrent par-dessus la tête du harponneur de Derick de Beer et allèrent se planter dans le corps de la baleine. Il y eut un terrible remous, puis un nuage d'écume aveuglant. Dans la confusion qui s'ensuivit, les trois baleinières du *Pequod* bousculèrent celle de la *Jeune Fille* et projetèrent par-dessus bord Derick de Beer lui-même et son harponneur.

Mais la baleine ne fournit qu'une course relativement brève. Elle s'arrêta, plongea. Les trois baleinières s'arrêtèrent à leur tour. Chaque harponneur, prêt à toute éventualité, tenait sa ligne à deux mains. Le monstre allait-il prolonger sa descente et attirer au fond de la mer les fragiles embarcations ?

Tout à coup, les trois lignes, maintenant perpendiculaires, se mirent à vibrer.

— Attention, les gars, elle bouge ! cria Starbuck. Puis, après quelques secondes, il ajouta :

— Tirez ! Tirez ! Elle remonte !

Les harponneurs tirèrent sur les lignes, les laissant retomber à leurs pieds en rouleaux ruisselants. Et bientôt, à moins d'une encablure[4], la baleine reparut. À ses mouvements, il était facile de comprendre qu'elle était presque épuisée. Les baleinières s'approchèrent. On la cribla de coups de lance. Mais, bien

4. Mesure de longueur équivalent à 200 m.

qu'elle fût déjà percée de nombreuses blessures, elle continuait à projeter par ses évents de l'eau vaporisée, et non du sang, preuve qu'elle n'avait pas été atteinte dans ses organes essentiels. Comme elle roulait sur elle-même, on s'aperçut qu'elle portait, au flanc, une protubérance[5] de la grosseur d'un boisseau[6].

— Tiens, je vais la piquer là ! s'écria Flask. C'est un bon endroit, semble-t-il !

Toujours humain, Starbuck lui dit :

— Inutile. De toute façon, elle n'en a plus pour longtemps.

Mais il avait parlé trop tard. Déjà, la lance avait fait son œuvre. Au moment où, par cette nouvelle blessure, un sang épais commençait à jaillir, la baleine, rendue furieuse par la douleur, se jeta sur les embarcations et endommagea même celle de Flask. Cependant, elle était frappée à mort.

Comme elle menaçait de couler, Starbuck donna l'ordre de lui passer plusieurs filins[7]. Après quoi, lentement, et avec d'infinies précautions, les trois baleinières la remorquèrent jusqu'au *Pequod.* Lorsqu'elle eut été arrimée le long du navire et que commencèrent les opérations de dépeçage, nous découvrîmes – avec quelle surprise ! – que son corps contenait non seulement un harpon entièrement rouillé, mais aussi une tête de flèche en pierre ! Qui lui avait lancé cette

5. Bosse.
6. Récipient utilisé pour mesurer les matières sèches.
7. Cordages en chanvre.

flèche, et à quelle époque ? Sans doute un Indien du Nord-Ouest, longtemps avant que les premiers colons blancs eussent mis le pied sur le continent américain.

Le dépeçage terminé, tandis que la carcasse de notre victime s'enfonçait dans les flots, l'une de nos vigies nous signala que la *Jeune Fille* était repartie. Nous la cherchâmes des yeux et constatâmes qu'elle fuyait en effet, toutes voiles dehors, vers la ligne sombre de l'horizon.

Ce fut seulement le surlendemain que nous nous remîmes nous-mêmes en route. Nous approchions maintenant de l'étroite presqu'île de Malacca qui, s'étendant au sud-est de la Birmanie, constitue la pointe la plus méridionale[8] de toute l'Asie. Cette presqu'île est prolongée par de nombreuses îles – Sumatra, Java, Bali, Timor – et par des archipels[9] formant, entre l'Asie et l'Australie, une sorte de voie de communication et aussi un rempart, percé néanmoins de plusieurs portes naturelles qui servent tant au passage des navires qu'à celui des cétacés. Parmi ces portes, la plus fréquemment utilisée par les marins est le détroit de la Sonde, entre Sumatra et Java. À l'époque où se situe ce récit, les pirates malais, cachés dans leurs pirogues à l'ombre de promontoires[10] qui foisonnent dans la région, fondaient souvent sur les bâtiments de commerce et, lance à la main, les

8. Située au sud.
9. Ensembles d'îles.
10. Pointes s'élevant au-dessus de la mer.

dépouillaient de leurs cargaisons : bijoux, or, épices, tissus précieux, ivoire.

Nous n'étions plus éloignés du cap de Java et du détroit de la Sonde. Déjà à tribord, des falaises verdoyantes nous étaient apparues et nous avions respiré avec délices un léger parfum de cannelle porté par le vent. Mais, jusqu'ici, pas un seul cachalot. Nos vigies avaient cependant reçu l'ordre de se montrer plus attentives que jamais. Et puis, un matin vers midi, comme nous venions d'entrer dans le détroit, plusieurs cris joyeux tombèrent des nids-de-pie, et nous fûmes gratifiés du plus beau, du plus étrange spectacle qui se puisse contempler sur la surface des océans.

À droite et à gauche de la proue du *Pequod*, et à une distance de deux ou trois milles[11], des jets, disposés en demi-cercle, montaient, étincelants, dans l'atmosphère de midi. On aurait dit, sous la voûte bleuâtre du ciel, les mille cheminées d'une grande ville. Miracle ! Les cachalots, qui se dirigeaient comme nous-mêmes vers la sortie du détroit, raccourcissaient petit à petit leur demi-cercle et se rapprochaient les uns des autres, comme des soldats disciplinés.

Le *Pequod*, toutes voiles dehors, se lança à leur poursuite. Les harponneurs, installés dans les baleinières encore pendues aux bossoirs[12], étreignaient

11. Mesure nautique (1 mille = 1 852 m).

12. Pièces placées à la proue d'un navire et servant à manœuvrer une ancre ou suspendre une barque.

leurs harpons et poussaient des clameurs d'allégresse. N'étaient-ils pas certains de tuer plusieurs au moins de ces bêtes ? D'autre part, pourquoi Moby Dick ne se serait-elle pas trouvée au milieu de ce troupeau, comme l'éléphant blanc dans le cortège du roi de Siam ? Personne ne pouvait l'affirmer, mais personne non plus n'aurait pu assurer le contraire. Aussi cacatois, bonnettes, rien ne nous semblait superflu pour tenter de rattraper le demi-cercle de jets vaporeux. Cependant, tout à coup Tashtego cria :

— Attention, il y a quelque chose dans notre sillage !

Nous nous retournâmes. En effet, derrière nous, il y avait une autre armada, un autre demi-cercle, composé d'écume celui-là, et formé par les pagaies d'innombrables pirogues !

— Vite ! ordonna le capitaine Achab. Dans la mâture ! Montez des seaux et mouillez les voiles ! Les pirates malais sont à nos trousses !

Les pirates malais ! Oui, c'étaient bien eux. Ils pagayaient à une cadence folle, dans l'espoir de nous rejoindre. Mais le *Pequod*, poussé par un bon vent, semblait résolu à ne pas se laisser faire. La présence des nouveaux venus agissait-elle sur lui comme des coups de fouet et des coups d'éperon ? Toujours est-il que le vieux navire, avec une vigueur renouvelée, bondissait, se cabrait, fonçait. Sa longue-vue sous le bras, le capitaine Achab arpentait le pont. Quand il se trouvait à l'avant, il pouvait contempler les monstres auxquels il donnait la chasse. Quand il se trouvait à l'arrière, il pouvait dénombrer les pirates sanguinaires qui le chassaient, lui, le maître halluciné du *Pequod* ! Allait-on, si près du but peut-être, l'empêcher de fondre sur sa proie ?

Néanmoins, de telles pensées ne troublaient guère les membres de l'équipage. En effet, lorsque le *Pequod*, après avoir doublé le cap de Cockatou, eut semé les pirates, les marins – les harponneurs surtout – n'accordèrent aucune attention à ce succès, tant ils étaient inquiets de l'avance que les cachalots semblaient prendre sans cesse sur le navire. Mais ils ne tardèrent pas à se rassurer en constatant que les grands cétacés, sans doute fatigués par cette course interminable, ralentissaient leur allure. Un quart d'heure plus tard, le capitaine Achab donnait l'ordre de mettre trois baleinières à la mer.

Nous étions à un mille environ des cachalots. Ceux-ci eurent-ils conscience du danger auquel ils étaient exposés ? Brusquement, ils serrèrent les rangs et se remirent à fuir de plus belle.

Pour tout vêtement, nous n'avions gardé que nos chemises et nos pantalons. Voyant que notre proie allait de nouveau nous échapper, nous tirâmes sur nos avirons avec une énergie redoublée. La poursuite dura encore plusieurs heures. Nous allait-il falloir, après tant d'efforts, abandonner et faire demi-tour ? Cependant, nous remarquâmes, dans le troupeau, une sorte d'hésitation généralisée. Puis ce fut le désordre. Les cachalots, si disciplinés jusque-là, s'élançaient dans toutes les directions, décrivaient des zigzags, des cercles irréguliers, et n'émettaient plus que des jets épais et courts. Certains, comme paralysés, s'étaient même arrêtés complètement et flottaient à la dérive. C'était la panique, cette étrange et incompréhensible panique qui fait fuir cinquante bisons devant un cavalier ou qui, dès qu'une voix a crié : « Au feu ! », précipite tous les spectateurs d'une salle de théâtre vers les portes donnant accès à l'extérieur.

Quelques cachalots s'agitaient encore avec une extrême violence. Mais, pour la plupart, ils s'immobilisaient et paraissaient même incapables d'avancer ou de reculer. Comme toujours en de telles circonstances, les baleinières se séparèrent et chacune choisit un animal isolé à la lisière du troupeau. Trois minutes après, Queequeg lança son harpon. Le cachalot qu'il venait d'atteindre nous aveugla d'un nuage d'écume et, avec une promptitude surprenante, s'enfuit vers l'endroit où ses semblables étaient les plus nombreux. De temps à autre, il tirait furieusement sur la ligne pour se débarrasser du harpon, cette sangle de fer collée à son corps. Parmi les autres cachalots, notre embarcation, entraînée à toute vitesse, avait l'air d'un navire entouré d'icebergs et qui, à chaque instant, se voit menacé d'être écrasé et réduit en miettes.

Cependant, Queequeg gardait son sang-froid. Placé à la barre, il manœuvrait avec une habileté pleine de noblesse, tantôt faisant un crochet pour s'écarter d'un monstre qui nous barrait le passage, tantôt tirant une bordée[13] pour nous épargner d'être assommés par une nageoire pesant peut-être une tonne. À l'avant, Starbuck distribuait généreusement à droite et à gauche des coups de lance. Quant aux rameurs, dont je faisais partie, eux non plus ne restaient pas inactifs, bien qu'il leur fût devenu impossible d'utiliser leurs avirons. L'un d'eux criait, s'adressant à quelque énorme cétacé qui venait de surgir à trois ou quatre brasses et menaçait de nous bousculer :

— Ôte-toi de là, amiral !

Un autre, avisant un vieux mâle qui, tout près de nous, semblait s'éventer[14] avec sa formidable queue, hurlait à s'en rompre les cordes vocales :

— Alors, quoi, tu veux notre mort ? Bas la queue, j'te dis ! Bas la queue !

Toutes les baleinières portent des engins bizarres, inventés par les Indiens de Nantucket et appelés *druggs*. Le *drugg* est formé de deux blocs de bois soudés l'un à l'autre. Entre ces pièces de bois est fixée une ligne pourvue, à son extrémité libre, d'une boucle à laquelle on peut, en quelques secondes, assujettir[15] un harpon. Cet engin n'est employé que lorsqu'on se trouve, comme c'était le cas ce jour-là, au milieu d'un troupeau de cachalots « affolés ». Comme on ne peut en tuer plusieurs à la fois, on en choisit quelques-uns

13. Un coup de canon.
14. Se rafraîchir.
15. Attacher.

auxquels, par ce moyen, on met « du fer dans la nageoire », quitte à les achever un peu plus tard.

Notre baleinière était pourvue de trois *druggs*. Le premier et le second furent lancés avec succès, et nous pûmes suivre du regard les deux cachalots atteints, tandis qu'ils s'enfuyaient en remorquant les lourds flotteurs. Mais, avec le troisième *drugg*, il en alla autrement. Avant de franchir le plat-bord de notre embarcation, le bloc de bois accrocha au passage l'un des bancs, l'arracha d'une seule secousse et précipita l'un des rameurs sur le plancher de l'embarcation. Immédiatement, l'eau se rua par les planches disjointes et, pour l'arrêter, il nous fallut boucher les trous avec des chiffons.

Il nous aurait été impossible de lancer nos *druggs* si, à mesure que nous pénétrions plus avant dans le troupeau, le cachalot qui nous remorquait n'avait petit à petit réduit sa vitesse. Puis, au moment où nous nous y attendions le moins, le harpon de Queequeg, sans doute mal fixé, se détacha du corps de la bête. Et nous nous découvrîmes en panne au beau milieu d'une sorte de cirque enchanté. L'eau sur laquelle nous dérivions était parfaitement calme, cependant qu'autour de nous, à une assez grande distance, les cachalots formaient cercle. Certains étaient immobiles, mais d'autres, par groupes de huit ou dix, « galopaient » en rond, tout comme des chevaux de cirque.

Comment nous échapper ? Comment franchir ce mur vivant ? Force nous était d'attendre qu'une brèche s'y produisît. De temps à autre, au centre de cet étrange lac, des femelles et leurs petits nous faisaient visite. Ils s'approchaient à quelques brasses de notre embarcation, en frôlant la coque, nous témoignaient une confiance presque touchante. Queequeg, chaque fois que cela était possible, les caressait, et Starbuck leur effleurait le dos du bout de sa lance.

Enfin, la brèche attendue s'offrit à nos yeux. Pesant de toutes nos forces sur les avirons, nous nous lançâmes, le cœur battant, dans sa direction. Mais, à plusieurs reprises, nous l'échappâmes belle ! D'énormes mâles se jetaient sur nous, faisaient demi-tour, provoquaient à proximité de notre embarcation des remous qui risquaient de nous engloutir. D'ailleurs, les cachalots se regroupaient et, bientôt, ils se remirent en marche vers l'est, dans un ordre à peu près semblable à celui que nous avions admiré au début de cette affaire. Les poursuivre eût été non seulement impossible, mais insensé. Qu'étaient devenus ceux auxquels nous avions lancé nos trois *druggs* ?

Bilan de la journée : une seule bête tuée par Flask, à bonne distance du cercle où nous nous étions trouvés enfermés. Les pêcheurs de baleines et de cachalots ont bien raison de dire : « Plus ils sont nombreux, moins on en tue ! »

9

Un Français : le *Bouton-de-rose*

C'était une ou deux semaines après l'aventure que je viens de raconter. Nous voguions, vers midi, sur un océan calme et brumeux. Pourquoi, ce jour-là, nos narines se montrèrent-elles plus attentives, plus subtiles, que les yeux des vigies ? Toujours est-il que nous nous rendîmes compte de ceci : une odeur désagréable flottait à la surface des eaux.

— Je parie, dit Stubb, que nous allons avoir une surprise. J'ai toujours eu l'impression que nous finirions par retrouver les cachalots auxquels nous avons lancé l'autre jour nos *druggs*. Après tout, pourquoi n'auraient-ils pas été poussés jusque dans ces parages ?

Bientôt, le rideau de brume s'ouvrit comme par enchantement et, là-bas, assez loin devant nous, apparut un navire. À ses voiles serrées, il était facile de comprendre qu'il s'était mis en panne pour une besogne quelconque et qu'il tenait, collé à son flanc, un cétacé, baleine ou cachalot. Tandis que nous progressions vers lui, nous nous aperçûmes qu'il battait pavillon français. Des oiseaux de proie volaient autour de sa mâture, preuve que sa capture n'était plus sans doute qu'une charogne, un de ces cétacés qui roulent à la dérive pendant des semaines et des semaines, cadavres sans sépultures[1], épaves sans propriétaires. Ces monstres en décomposition dégagent naturellement une odeur intolérable.

Lorsque le *Pequod* fut assez près de ce confrère que le hasard venait de mettre sur sa route, Stubb s'écria :

— Regardez… là-bas… dans les filins qui sont entortillés autour de la queue de l'un des cachalots ! C'est mon harpon ! Je le reconnaîtrais entre mille ! Ces Français, tout de même ! Braves soldats, bien sûr, et bons marins en général… Mais, lorsqu'il s'agit de pêche à la baleine, ils ont encore beaucoup à apprendre. Il leur arrive de se tromper comme des enfants et de mettre leurs canots à la mer parce qu'ils ont pris des crêtes d'écume pour des jets de baleine ou de cachalot ! Ne raconte-t-on pas qu'ils emportent des cargaisons de chandelles, n'étant pas certains de recueillir, au cours de leur voyage, assez d'huile pour

1. Qui ne sont pas enterrés.

la lampe de leur capitaine ! Ah ! oui, ils ont encore beaucoup à apprendre, ces gentils mangeurs de grenouilles ! En tout cas, en voilà quelques-uns qui se sont contentés de nos restes. Ils ne sont pas difficiles ! Le premier de ces cachalots est un de ceux auxquels nous avons lancé l'autre jour l'un de nos *druggs*. L'huile qu'il contient ne doit plus rien valoir. Quant à l'autre, il est si desséché… Mais j'y pense ! Il se pourrait qu'il contienne quelque chose de bien plus intéressant que de l'huile : de l'ambre gris[2], les gars ! Je me demande si le vieux y a songé. Ça vaudrait la peine d'être tenté… Eh bien, oui, j'y vais !

Et, sans autre explication, il se dirigea vers le gaillard d'arrière et gagna la cabine du capitaine Achab.

Dès qu'il fut remonté sur le pont, Stubb rassembla son équipage personnel, fit mettre sa baleinière à la mer et s'approcha du navire étranger. La proue de ce dernier était artistement sculptée. Elle représentait un énorme bouton de fleur, de couleur rouge vif, prolongé par une tige verte le long de laquelle quelques clous de cuivre figuraient sans doute des épines. À droite, et un peu en dessous du bouton de fleur, de grandes lettres dorées formaient ce nom charmant : *Bouton-de-rose*…

Stubb se boucha le nez en disant :

---

2. Substance parfumée provenant de l'intestin des cachalots.

— Heureusement que tous les boutons de roses ne sentent pas aussi mauvais !

Pour communiquer avec l'équipage, il dut contourner l'étrave par tribord.

Puis il s'arrêta et cria par-dessus le cadavre de l'un des cachalots, sans cesser de presser ses narines avec son pouce et son index :

— Ohé, du *Bouton-de-rose* ! Y a-t-il quelqu'un parmi vous qui connaisse l'anglais ?

— Oui, moi, répondit un homme originaire de Guernesey, et qui était aussi le second du navire français.

— Eh bien, reprit Stubb, je vais vous demander un renseignement. Avez-vous vu par hasard la baleine blanche ?

— La baleine blanche ?

— Oui. À vrai dire, il s'agit peut-être d'un cachalot. Mais, nous, nous l'appelons Moby Dick, ou la baleine blanche. L'avez-vous vue ?

— Je n'en ai même jamais entendu parler… Un cachalot blanc… une baleine blanche… Ma foi, non. Connais pas.

— Très bien, fit Stubb. Attendez-moi. Je reviendrai vous voir dans quelques minutes.

Il fit demi-tour et se rapprocha du *Pequod*. Avisant le capitaine Achab, qui se penchait sur le couronnement du gaillard d'arrière, il mit ses mains en porte-voix et lui cria :

— Non, capitaine, ils n'ont pas vu la baleine blanche !

Le capitaine Achab hocha plusieurs fois la tête, recula de quelques pas et disparut. Alors Stubb, comme il l'avait promis, revint vers le *Bouton-de-rose*.

Un spectacle assez surprenant l'attendait. L'homme de Guernesey, installé sur le porte-haubans[3], commençait à manier sa bêche[4] à dépecer. Mais ce n'était pas tout : il avait enfoui son nez dans une sorte de sac.

— Qu'est-ce qui vous arrive ? lui demanda Stubb. Vous seriez-vous cassé le nez ?

— Je le voudrais bien, et même je serais content de ne pas avoir de nez ! répondit le second du navire français en continuant à travailler, mais avec l'attitude d'un ouvrier qui n'a guère le cœur à la besogne. Et vous, pourquoi tenez-vous le vôtre, de nez, avec votre pouce et votre index ?

— Moi ? dit Stubb ! Oh ! pour rien… Et puis, autant vous le dire : j'ai un nez en cire… Belle journée, ne trouvez-vous pas ? On se croirait dans un jardin bien fleuri. Si vous me lanciez un petit bouquet, avec quelques boutons de roses ? C'est ça qui serait gentil !

L'homme de Guernesey, comprenant qu'on se moquait de lui, fut pris d'une colère subite :

— Dites donc, vous, qu'est-ce que vous fichez là ?

— Tout doux, mon vieux, tout doux ! répliqua Stubb. Pourquoi ne mettez-vous pas ces deux petites

---

3. Pièce servant à maintenir l'écartement des haubans (cordages tenant le mât).

4. Pelle plate.

bêtes dans la glace pour travailler dessus plus commodément ? Mais, trêve de plaisanterie, vous savez que c'est folie d'espérer tirer de l'huile d'un cachalot comme celui sur lequel vous vous acharnez. Quant à l'autre, le desséché, il y a belle lurette qu'il ne contient plus rien !

— Comme si je ne le savais pas ! s'écria l'homme de Guernesey. Mais, voyez-vous, notre capitaine ne veut pas me croire. C'est son premier voyage. Avant, il fabriquait de l'eau de Cologne. Mais pourquoi ne montez-vous pas à bord ? Peut-être aurait-il plus confiance en vous qu'en moi ? Et, de cette façon, je serai débarrassé de ce travail écœurant…

— Je suis prêt à tous les sacrifices pour vous faire plaisir ! répondit Stubb ; et, en quelques secondes, il grimpa sur le pont du *Bouton-de-rose*.

La scène qu'il put alors contempler avait quelque chose de bizarre. Les marins, coiffés de bonnets à glands de laine rouge, préparaient les lourds palans[5] à baleines. Mais, bavardant entre eux, ils travaillaient avec lenteur et semblaient d'assez méchante humeur. Ils levaient tous le nez vers le ciel. De temps en temps, plusieurs d'entre eux lâchaient les chaînes auxquelles étaient fixés les palans et grimpaient dans la mâture pour respirer un peu d'air pur. D'autres, persuadés qu'ils allaient attraper la peste, plongeaient un tampon d'étoupe dans un pot de goudron et le pressaient

5. Appareils de levage.

contre leurs narines. Certains, pour échapper aux miasmes[6] qui chargeaient l'atmosphère, tiraient vigoureusement sur leurs brûle-gueule[7] et s'enveloppaient d'un nuage de fumée.

Entendant des exclamations entrecoupées de jurons, Stubb se tourna vers le gaillard d'arrière et vit un homme à l'expression furieuse qui sortait de la cabine du capitaine. C'était le médecin du bord. Il venait de faire, d'ailleurs inutilement, des remontrances[8] au capitaine sur la tâche à laquelle l'équipage était astreint.

Après avoir noté ces détails, Stubb songea :

« Voilà qui est parfait ! En somme, les choses, sur ce navire, ne semblent pas tourner rond. Bien sûr, j'ai de la sympathie pour les Français, et j'ai rencontré parmi eux beaucoup de types épatants. Mais, aujourd'hui, à la guerre comme à la guerre ! »

Il prit à part l'homme de Guernesey et s'entretint avec lui pendant quelques instants. Il comprit alors que le second du *Bouton-de-rose* détestait son capitaine, parce que celui-ci, contrairement à la plupart des officiers de cette nationalité, était non seulement ignorant, mais vaniteux, et aussi parce qu'il avait entraîné ses compagnons dans une aventure stupide et sans profit…

---

6. Émanations auxquelles on attribuait la responsabilité des maladies, avant Pasteur.

7. Pipes à tuyau très court.

8. Reproches.

Poursuivant son entretien avec l'homme de Guernesey, Stubb constata qu'il ne songeait même pas à l'ambre gris. Il ne fit donc aucune allusion à cette précieuse substance. Mais, pour le reste, il se montra franc, direct. Si bien que les deux compères, un moment plus tard, avaient mis sur pied un petit et innocent complot qui devait leur permettre de se payer la tête du capitaine, sans lui laisser le moindre doute sur leur sincérité. Les rôles se distribuaient ainsi : l'homme de Guernesey, servant d'interprète, raconterait à son supérieur une histoire à dormir debout, et Stubb, s'exprimant naturellement dans sa langue maternelle, débiterait toutes les sornettes qui lui passeraient par l'esprit.

À ce moment, le capitaine du *Bouton-de-rose* sortit de sa cabine. Petit et brun, il paraissait assez fragile pour un marin. Mais, sans doute pour se donner un aspect plus imposant, il exhibait de longues moustaches et de gros favoris[9]. Il était vêtu d'une vareuse de velours de coton rouge et d'un gilet dont le gousset[10] s'ornait d'une grappe de breloques[11]. Le plus poliment du monde, l'homme de Guernesey lui présenta Stubb. Puis, se tournant vers ce dernier :

— Alors, qu'est-ce que je lui raconte ?

— Eh bien, fit Stubb en contemplant non sans ironie la vareuse de velours rouge et les breloques,

9. Touffes de barbe couvrant les deux joues.
10. Petite poche.
11. Petits bijoux attachés à un bracelet.

commencez donc par lui dire que, comme bébé joufflu, on ne fait pas mieux que lui – sauf son respect, bien sûr !

L'homme de Guernesey fit semblant de traduire.

— Capitaine, dit-il, l'officier du *Pequod*, ici présent, assure que, dans la journée d'hier, son navire a croisé un autre navire dont le capitaine et le second, ainsi que six marins, venaient de mourir d'une fièvre contractée en manipulant une baleine pourrie.

Comme s'il avait le feu à sa vareuse, le capitaine fit brusquement demi-tour, se précipita à l'avant du *Bouton-de-rose* et, d'une voix retentissante, ordonna de ne plus hisser les palans à dépecer et de larguer les filins et les chaînes qui retenaient les cachalots au navire.

Dès que le capitaine fut revenu près des deux compères, l'homme de Guernesey demanda à Stubb :

— Que puis-je faire encore pour vous… et pour nous ?

— Voyons… Laissez-moi réfléchir, répondit Stubb. Eh bien, dites-lui que je suis bien content de l'avoir possédé…

Et, dans son for intérieur[12], il ajouta : « Mais il n'y a pas que ce blanc-bec de capitaine que j'ai possédé… »

Cependant, l'homme de Guernesey se tournait déjà vers le capitaine.

---

12. Au fond de lui-même.

— M. Stubb déclare, dit-il, qu'il est très heureux d'avoir pu nous rendre service.

En français, le capitaine répondit :

— Et moi, monsieur, je vous suis infiniment reconnaissant. Voulez-vous descendre jusqu'à ma cabine ? J'aurais grand plaisir à vous offrir un verre de bordeaux.

L'homme de Guernesey fit face à Stubb.

— Le capitaine vous remercie et voudrait vous offrir un verre de vin.

— Remerciez-le à mon tour, dit Stubb en riant sous cape, et ajoutez qu'il est contraire à mes principes de boire avec les gens que j'ai trompés. Du reste, il faut que je m'en aille.

— Capitaine, traduisit l'homme de Guernesey, M. Stubb ne boit jamais de vin. Mais voici qui est plus important : il vous conseille, si vous voulez revoir le soleil demain, de mettre vos quatre canots à la mer et de haler votre navire aussi loin que possible de ces charognes. Avec le calme presque plat que nous avons aujourd'hui, il est à prévoir qu'elles ne dériveraient pas toutes seules…

Mais Stubb, jugeant que cette plaisanterie avait assez duré, avait enjambé le bastingage[13]. Dès qu'il eut regagné son canot, il cria à l'intention de l'homme de Guernesey :

13. Barrière bordant le bateau.

— Avec mon filin, je vais vous aider à vous débarrasser du plus léger des deux cachalots !

Aussitôt dit, aussitôt fait. Un moment plus tard, les quatre baleinières françaises tiraient sur le navire d'un côté, et l'obligeant Stubb commençait de haler[14], en sens inverse, l'un des deux cachalots.

Bientôt, il y eut un peu de vent. Stubb fit semblant de détacher le cachalot. Mais, déjà, le navire français, ayant remonté ses baleinières, s'éloignait à pleines voiles... tandis que le *Pequod*, avec habileté, se glissait entre lui et l'énorme carcasse. Voyant qu'il avait le champ libre, Stubb décida de recueillir sur-le-champ le fruit de sa ruse. Il s'arma d'une bêche bien coupante et pratiqua un trou dans le corps du cétacé, derrière la nageoire latérale. Il semblait vouloir creuser une cave dans l'océan même ! La bêche atteignit les côtes. On aurait juré, au bruit qu'elle produisit, qu'elle venait de heurter des poteries ensevelies dans une masse d'argile. Tous les hommes de l'équipage, penchés sur le bastingage du *Pequod*, suivaient cette opération avec un intérêt passionné : des chercheurs d'or assistant à l'extraction d'une pépite !

— Je l'ai ! Je l'ai ! Victoire ! cria Stubb.

Lâchant la bêche, il plongea ses deux mains dans le cachalot et en retira quelques poignées d'une substance qui ressemblait à du savon ou, mieux encore,

14. Tirer.

à du fromage strié de marbrures[15] – un fromage onctueux et délicatement parfumé, dont la couleur tenait à la fois du jaune et du gris, et qu'on pouvait aisément rayer avec la pointe de l'ongle. Et cette substance, c'était de l'ambre gris. Ce produit cireux et mou dégage une odeur épicée et, de ce fait, entre dans la fabrication des produits de parfumerie, des pastilles à brûler, des chandelles de luxe, des poudres capillaires[16], des pommades.

Avec des gestes fébriles, Stubb en retira six poignées environ, et sa récolte aurait été beaucoup plus abondante si, soudain, le capitaine Achab, tout à son idée fixe de se remettre à la poursuite de Moby Dick, n'avait crié, en se penchant par-dessus la rambarde du *Pequod* :

— Remontez à bord, Stubb ! Sinon, je repars et je vous laisse en plan[17] !

---

15. Taches violacées ressemblant à celles du marbre.
16. Pour entretenir les cheveux.
17. « Je vous abandonne. »

10

Le réprouvé

Si j'ai bonne mémoire, je vous ai déjà parlé du minuscule Pip, ce pauvre Noir de l'Alabama qui faisait partie de notre équipage. Mais commençons par le commencement. Quelques jours après avoir joué le bon tour que vous savez à nos amis français du *Bouton-de-rose*, nous fûmes témoins et acteurs d'un événement déplorable où certains purent voir une sorte de préfiguration du destin qui devait être celui du *Pequod*.

À bord d'un baleinier, tous les marins ne sont pas affectés aux chaloupes. Certains, pendant que leurs compagnons poursuivent cachalots et baleines, assurent la manœuvre et la garde du navire. Ils sont aussi forts, aussi habiles que les autres. Néanmoins, les faibles et les craintifs se voient, eux aussi, empêchés de descendre dans les chaloupes et de participer à la capture des cétacés. Tel était le cas du petit Nègre Pippin, que nous avions surnommé Pip.

Or, il se produisit ceci que, le jour où se situe l'épisode de l'ambre gris, le rameur de poupe[1] de Stubb s'étant foulé la main, Pip fut désigné pour le remplacer jusqu'à sa guérison.

Quand il dut prendre place dans la baleinière du premier lieutenant, Pip, malgré sa nervosité, trouva le moyen de ne pas entrer en contact direct avec le cachalot et se tira de l'aventure sans trop de déshonneur. Toutefois, Stubb, qui l'avait observé, lui dit :

— Je te trouve un peu mou. Tâche de montrer plus de courage, car c'est de courage que tu auras le plus souvent besoin.

La seconde fois, Pip s'appliqua de toutes ses forces sur ses avirons. Dès que la baleine eut été harponnée, elle donna son habituelle secousse, mais si près de la baleinière que Pip fut soulevé de son banc comme une plume et entraîné par-dessus bord, car la ligne, en se relâchant, s'était enroulée autour de son corps et lui avait fait perdre l'équilibre. À ce moment, la baleine, revenue de sa surprise, s'éloigna à toute vitesse, remorquant dans son sillage le malheureux petit Nègre[2].

Tashtego, le harponneur indien, se tenait à la proue. Il méprisait Pip pour sa poltronnerie. Saisissant

1. Placé à l'avant.
2. Terme péjoratif aujourd'hui.

soudain un couteau, il en posa la lame sur la ligne et, se tournant vers Stubb :

— Je coupe ? demanda-t-il.

Pip se débattait comme un forcené et, dans son visage bleui par la peur, ses prunelles semblaient crier : « Oui, coupez, coupez, pour l'amour de Dieu ! »

Naturellement, cette scène ne dura pas plus d'une demi-minute.

— L'imbécile ! rugit Stubb. Oui, Tashtego, coupe !

Ainsi Pip fut sauvé, mais la baleine était perdue.

Dès qu'il eut repris connaissance, l'infortuné petit Nègre se vit en butte aux sarcasmes[3] et aux reproches de l'équipage. Lorsque ce violent concert fut apaisé, Stubb, à son tour, « lava » la tête crépue de Pip. Puis il ajouta :

— Souviens-toi de ceci : la prochaine fois, je ne ferai rien pour te repêcher. Nous ne pouvons pas nous permettre de perdre des baleines pour sauver des individus aussi peu intéressants que toi. Le moindre cachalot vaut trente fois plus que ta chétive personne. Alors, c'est bien entendu ? Tu te cramponneras à la baleinière. Tu ne sauteras plus, n'est-ce pas ?

Pip jura ce que l'on voulut. Cependant, il sauta de nouveau – preuve que nous sommes tous entre les mains des dieux. Oui, Pip sauta de nouveau, dans des circonstances assez semblables à celles qui avaient

3. Moqueries.

marqué sa première aventure. Mais, cette fois, il parvint à se débarrasser de la ligne. Néanmoins, tandis que le cachalot entraînait la baleinière, on le laissa se débrouiller seul, car Stubb semblait résolu à tenir parole. C'était par une belle journée claire et bleue. La mer se déployait à l'infini comme une immense feuille d'or. Sur cette feuille d'or, la tête noire de Pip avait l'air d'un clou de girofle[4]. Lorsque le petit Nègre fut projeté par-dessus bord, Tashtego garda son couteau dans sa gaine[5] et Stubb tourna le dos avec une expression de dédain. D'ailleurs, le cachalot semblait avoir des ailes. En trois minutes, une distance nue, d'au moins un demi-mille marin[6], s'étendit entre la baleinière et le naufragé. Tout en se maintenant à grand-peine à la surface, Pip tournait de temps à autre les yeux vers le soleil et ne pouvait s'empêcher de comparer sa solitude à celle du grand astre lumineux.

Stubb avait-il vraiment abandonné à son sort le pauvre petit Nègre ? Non. Du moins, il n'en avait pas l'intention. Il pensait que les deux autres embarcations rejoindraient Pip et le repêcheraient. Certes, les baleinières ont, pour les froussards, la même aversion[7] que les soldats de l'armée et les matelots de la

4. Bouton de la fleur du giroflier en forme d'un clou à tête, épice.

5. Étui.

6. Environ 900 m.

7. Antipathie.

marine de guerre. Mais les pêcheurs de cétacés n'oublient jamais qu'il leur est arrivé, à eux aussi, de connaître la peur, et cela les incline, en fin de compte, à l'indulgence.

Malheureusement, dans ce cas particulier, les baleinières ne virent pas le naufragé. Mieux : apercevant des cachalots, elles virèrent soudain de bord et se lancèrent à leur poursuite. Pip se crut perdu, d'autant plus que l'embarcation de Stubb, loin de faire demi-tour, fuyait toujours vers l'horizon. Enfin, par un hasard providentiel, ce fut le *Pequod* lui-même qui vint à son secours et lui sauva la vie. Mais, à partir de ce jour, le petit Nègre erra sur le pont d'un pas de somnambule. On ne tarda pas à le considérer comme fou. Avec une ironie cruelle, la mer, si elle lui avait laissé son corps, lui avait ravi son âme, ou plutôt une partie de son âme. Pip avait des visions. Il distinguait, derrière l'écran de ses yeux mornes, des formes étranges, et jusqu'aux millions d'insectes mystérieux qui donnent naissance au corail[8]. Il voyait le pied de Dieu sur le métier à tisser l'univers et, comme il le proclamait, ses compagnons lui riaient au nez et le traitaient d'idiot. Ainsi, la folie humaine n'est que le reflet de la sagesse divine. Ainsi, l'homme, chaque fois qu'il rompt avec tout intérêt terrestre, atteint la pensée de Dieu, laquelle, jugée par la froide et

8. Matière calcaire recouvrant de petits animaux marins formant des rochers dans la mer.

médiocre raison, semble prendre alors les apparences du dérèglement[9] et de l'absurde.

Un mot encore : ne soyez pas trop sévère pour Stubb. Semblables aventures sont fréquentes au cours des campagnes de pêche à la baleine. Plus tard, on verra que je fus, moi aussi, abandonné à mon sort, de la même façon que le pauvre petit Pip.

Le cachalot harponné par Tashtego, et dont la capture avait failli coûter la vie à Pip, fut amené contre le flanc du *Pequod*. L'amarrage et le dépeçage terminés, on commença le vidage du crâne, que nous appelions « la tonne de Heidelberg ».

Tandis que quelques marins s'affairaient à l'accomplissement de cette tâche, d'autres soulevaient et emportaient, dès qu'ils étaient pleins, les grands baquets contenant le spermaceti[10], ou blanc de baleine. Ils les déposaient devant nous, car, pour la première fois, je faisais partie de la troisième équipe, celle qui était chargée d'un travail délicat entre tous, précédant l'ultime transformation dans les chaudières. Notre rôle était de manipuler la précieuse substance, d'écraser les grumeaux qu'elle contenait jusqu'à ce qu'ils fussent devenus aussi liquides que le reste. Occupation presque charmante, après les dures corvées dont on m'accablait depuis que je faisais partie de l'équipage du *Pequod* ! Je me disais : « Comme c'est doux, clair,

---

9. Du déséquilibre mental.

10. Matière grasse que l'on extrait de l'huile de baleine et de la cervelle du cachalot.

onctueux ! Rien d'étonnant que le blanc de baleine ait été jadis un cosmétique[11] très apprécié… »

Mais revenons à la réalité. Il est temps que je vous parle de certaines parties du cachalot, telles qu'elles se présentent avant d'être jetées dans les chaudières.

En premier lieu, voici le « cheval blanc ». Il s'agit de la partie la plus épaisse de la queue, un prodigieux paquet de muscles et de tendons que, malgré sa dureté, on s'efforce de broyer, car il contient un peu d'huile. Après avoir été sectionné, le « cheval blanc » est partagé en de longs morceaux qui ressemblent à des blocs de marbre et que les hommes portent au hachoir.

Le « plum-pudding » – lamelles de chair adhérant çà et là à la carapace de lard – est une chose bien agréable à contempler. Comme le gâteau dont on lui a donné le nom, il est de plusieurs couleurs. On y relève des stries d'une blancheur aveuglante ou jaune d'or, sur un fond de petits points cramoisis ou pourpres. Ces points font penser à des prunes rouges parmi des citrons, et présentent un aspect si appétissant qu'on a toutes les peines du monde à ne pas les porter à sa bouche.

Je pourrais encore vous parler de certains bas morceaux, si j'ose ainsi m'exprimer, tels que le « slobgollion », le « gurry », le « nipper ». Mais cela nous entraînerait trop loin. Mieux vaut, me semble-t-il,

11. Produit de beauté.

vous demander de m'accompagner dans la « chambre à lard », cette cale à laquelle j'ai déjà fait allusion, et où sont roulés côte à côte les rubans de lard prélevés sur le corps du cachalot. Voici venu le moment de fractionner les rubans de lard. Spectacle que les novices jugent toujours terrifiant, surtout s'ils sont invités à le contempler après la tombée de la nuit. Deux marins sont affectés à ce travail, qu'ils accomplissent à la lueur d'une lanterne. L'un est armé d'un crochet, l'autre d'une bêche à dépecer. Le premier accroche un ruban de lard et s'efforce de l'immobiliser, lorsque le navire tangue[12] ou roule[13]. Le second saute sur le ruban et le découpe en morceaux pouvant être portés à dos d'homme. Les pieds du « bêcheur » sont nus, et la matière sur laquelle ils reposent ne tarde pas à se révéler dangereusement glissante... Dans la pénombre, les erreurs sont fréquentes. D'un seul coup maladroit, le « bêcheur » s'ampute parfois de plusieurs orteils. Et ceci explique que les orteils sont rares chez les vétérans de la « chambre à lard ».

Remontons sur le pont. Je vous présente le « hacheur ». Installé près du gaillard d'avant, il déroule, avec l'aide de deux compagnons, un morceau de ruban qui vient d'être sectionné dans la « chambre à lard ». Il le dépouille de sa peau sombre, tout comme un chasseur africain dépouille un boa, puis il coupe le lard et jette les morceaux dans une

12. Dont l'avant et l'arrière montent et descendent.
13. Qui s'incline d'un bord à l'autre.

cuve placée près de lui. En réalité, il s'agit plutôt de tranches que de morceaux, et de tranches aussi minces que possible, unique moyen d'obtenir une huile abondante et de bonne qualité.

Les baleiniers américains ne sont pas reconnaissables seulement à leurs chaloupes suspendues à des bossoirs, mais aussi à leurs chaudières. Curieuse architecture, qui allie au chêne et au chanvre la maçonnerie la plus robuste. Imaginez des fours à briques construits sur des planches !

Sur le *Pequod*, il y avait deux chaudières. Elles étaient entourées d'une sorte de revêtement en bois et coiffées d'un panneau en plan incliné. L'intérieur avait une contenance de plusieurs tonnes. Dans les périodes où elles n'étaient pas utilisées, l'équipage les entretenait avec le plus grand soin. On en astiquait l'intérieur avec de la stéatite[14] et du sable, jusqu'à ce qu'il fût aussi brillant que l'argent des bols à punch[15]. Pendant le quart de nuit, certains marins, moins consciencieux que les autres, s'y glissaient pour piquer un petit somme. Dans la journée, ceux qui étaient chargés de l'astiquage profitaient de cette situation pour passer la tête par l'orifice supérieur et pour échanger des confidences.

Mais revenons quelques instants en arrière.

Il était environ neuf heures du soir lorsque les chaudières furent allumées pour la première fois

14. Silicate de magnésium.
15. Cocktail à base de rhum.

depuis le début de notre voyage. C'était à Stubb que revenait l'honneur de diriger l'opération.

— Alors, tout est paré ? Eh bien, à toi, cuisinier ! Allume !

L'allumage fut d'autant plus facile que, depuis notre départ de Nantucket, le charpentier du bord n'avait cessé de bourrer les foyers avec des copeaux. Détail qu'il n'est pas inutile de souligner : au cours d'une campagne de pêche à la baleine, les premiers feux sont allumés avec du bois. Ensuite, on les entretient avec du « lard » desséché qui, pour la circonstance, reçoit le nom de « déchets » ou de « beignets ». Ainsi, baleines et cachalots fournissent eux-mêmes le combustible destiné à parachever leur destruction… Mais ils se vengent cruellement en enveloppant les chaudières d'un nuage de fumée qui rappelle celle des bûchers funèbres élevés par les Hindous sur les bords du Gange.

À minuit, le travail battait son plein. Nous avions déjà expédié la carcasse. Dans le vent qui fraîchissait sans cesse, nous avions hissé plusieurs voiles. Les ténèbres sauvages de l'océan nous environnaient, percées de temps à autre par les flammes qui jaillissaient des trous noirs de suie et qui révélaient jusque dans ses hauteurs le squelette du gréement. Le *Pequod*, comme attiré par son destin, progressait à cette allure soutenue, implacable, qui avait dû être celle des navires de l'intrépide Canaris lorsque, transformés en brûlots[16],

16. Petits navires bourrés de matériaux incendiaires et destinés à mettre le feu aux bateaux ennemis.

ils se lançaient en pleine nuit sur les frégates turques et les incendiaient[17].

Les panneaux enlevés, les quatre harponneurs, armés de fourches, commencèrent à lancer des morceaux de lard dans les chaudières. Agenouillés à leurs pieds, plusieurs marins activaient les foyers. La fumée montait, déroulait ses sombres volutes. À chaque mouvement du navire, l'huile bouillante se soulevait, comme si elle avait voulu sauter au visage des harponneurs. Un peu plus loin, les hommes de quart[18] flânaient autour du cabestan et, de temps à autre, s'arrêtaient pour contempler cette scène infernale, jusqu'à ce que le rougeoiement des feux leur brûlât les paupières. Dans leurs faces barbues et noircies par la fumée, leurs dents dessinaient un trait d'une blancheur barbare. Avec des intonations joyeuses et des mots parfois grossiers, ils se racontaient des histoires impies[19] ou terrifiantes. Et leurs rires s'élevaient au même rythme que les flammes des deux fournaises. Les harponneurs allaient et venaient en gesticulant et brandissant leurs fourches. Le vent hurlait, l'océan se soulevait, le vaisseau gémissait, craquait, piquait du nez, se redressait, sans cesser néanmoins de projeter

---

17. Allusion aux exploits de l'illustre marin grec Canaris (1790-1877) dans sa lutte pour libérer son pays du joug turc. (*N.d.T.*)

18. Marins travaillant pendant 4 ou 6 heures d'affilée, pendant que les autres se reposent.

19. Qui insultent Dieu.

toujours plus haut dans les ténèbres ses deux colonnes flamboyantes, sans cesser de broyer, dans sa gueule dédaigneuse, les derniers os, les derniers lambeaux de lard du cachalot. Tel, avec son équipage de primitifs et ses brasiers où le monstrueux cadavre achevait de se consumer, le *Pequod* semblait le double incarné d'une âme ravagée par une idée fixe : l'âme du capitaine Achab.

11

Le doublon

Comme vous le savez déjà, le capitaine Achab, lorsqu'il était sur le pont, demeurait rarement immobile. Il marchait sans cesse, allant de l'habitacle au grand mât et faisant demi-tour avec une régularité mathématique chaque fois qu'il avait atteint l'un de ces deux points extrêmes de sa promenade. Mais j'ai oublié de spécifier que, quand il était d'humeur encore plus mauvaise qu'à l'ordinaire, il s'arrêtait soit au grand mât, soit à l'habitacle, et restait les yeux fixés sur l'objet qui se trouvait devant lui. C'est ainsi que, tour à tour, il se penchait avec une attention extrême sur l'aiguille du compas, puis s'en allait contempler, avec une expression de désespoir violent, presque sauvage, la pièce d'or qu'il avait clouée lui-même dans le grand mât.

Un matin, s'arrêtant devant le doublon, il parut plus intéressé que jamais par les inscriptions et dessins gravés dans le précieux métal, comme s'il y découvrait tout à coup un sens qui, jusque-là, lui avait échappé.

Le doublon du *Pequod* était plus qu'une simple pièce d'or. Frappé en Amérique du Sud, c'était une sorte de médaille. Tout autour de son bord extérieur, il portait l'inscription suivante : *Republica del Ecuador, Quito*, et son champ s'ornait de palmes, de montagnes, d'étoiles et de soleils, de cornes d'abondance, de bannières flottant au vent, etc. Cette merveille de gravure avait vu le jour au sein de la cordillère des Andes, dans un pays bien différent de tous les autres, puisqu'il ne connaît pas d'automne.

Le capitaine Achab semblait hypnotisé par cette pièce. Peut-être y voyait-il sa propre image ? Peut-être songeait-il : « Ces volcans, là... mais c'est moi ! Leur feu est le même que celui qui me dévore ! » ?

Starbuck, le second du *Pequod*, qui l'observait du coin de l'œil, murmurait :

— Le vieux, comme le Balthazar de la Bible, semble être en train de déchiffrer quelque épouvantable prophétie. Dès qu'il aura regagné sa cabine, j'irai voir cette pièce, car je ne l'ai jamais examinée de près. Mais je redoute d'y faire une découverte désagréable !...

Stubb se tenait près des chaudières. Il attendit que le capitaine Achab eût regagné sa cabine et que

Starbuck se fût éloigné. Alors, à son tour, il s'approcha du grand mât en disant :

— Le vieux avait l'air sinistre et Starbuck faisait une tête longue d'une brasse ! Et tout ça pour une pièce d'or qui ne moisirait pas longtemps dans ma poche si elle m'appartenait ! Un doublon… J'en ai vu souvent au cours de mes voyages : doublons d'Espagne, doublons du Pérou, doublons du Chili, doublons de Bolivie. Qu'a donc de particulier celui-ci ? Il a été frappé à Quito, capitale de la république de l'Équateur. Jusqu'ici, rien de bien original… Tiens ! les signes du zodiaque[1]… Ça, c'est intéressant. Le Bélier, le Taureau, les Gémeaux, le Cancer, le Scorpion, le Lion, le Sagittaire, le Verseau, les Poissons, le Capricorne, la Vierge… Ce qu'il faudrait, c'est savoir ce que signifie l'ordre dans lequel sont disposés ces signes… Mais attention ! Voilà Flask. Cachons-nous. Que dit-il ?

Le second lieutenant était venu se planter à son tour devant la pièce et disait entre ses dents :

— Eh bien, oui, quoi, c'est une pièce d'or ! Qu'ont-ils donc tous à venir la contempler ? Moi, je ne sais qu'une chose : elle vaut seize dollars, c'est-à-dire qu'elle me permettrait d'acheter huit cents cigares à deux *cents*. Car j'aime le cigare. Je ne fume pas la pipe, comme Stubb…

---

1. Zone du ciel où l'on voit le soleil se déplacer et qui est divisée en douze parties égales, correspondant à douze constellations (groupes d'étoiles) différentes.

Puis, apercevant un vieux matelot que tout le monde appelait « l'homme de l'île de Man », il s'éloigna précipitamment et alla se poster près de l'écoutille en pensant : « Il est sinistre, ce bonhomme ! On dirait un cocher de corbillard. Il s'avance vers le doublon. Que dit-il ? Dès qu'il ouvre la bouche, on jurerait qu'il a un moulin à café dans la gorge ! »

Voici ce que disait l'homme de l'île de Man :

— Si l'un d'entre nous aperçoit la baleine blanche, ce sera dans un mois et un jour, lorsque le soleil entrera dans l'un de ces signes. Voici quarante ans que les secrets du zodiaque m'ont été enseignés par une sorcière, à Copenhague. Or, dans un mois et un jour, dans quel signe sera le soleil ? Dans le signe du Lion ! Ah ! miséricorde ! Pauvre... pauvre *Pequod* ! Je tremble quand je songe à toi !

Et l'homme de l'île de Man s'en fut en traînant les pieds.

Stubb, toujours bien caché, monologuait de la sorte :

— Ma parole, c'est une procession ! Après Flask et l'homme de l'île de Man, voilà Queequeg. Il ressemble lui-même au zodiaque, avec tous ses tatouages ! Que dit notre cannibale ? Rien. Il regarde bêtement le doublon. Peut-être s'imagine-t-il qu'il s'agit d'un bouton de culotte, ayant appartenu à quelque roi... Mais cachons-nous, cachons-nous encore mieux ! Voilà ce diable de Fedallah ! Quel regard perçant ! Va-t-il parler ? Non. Il se contente de s'incliner devant le doublon, ou plutôt devant le soleil gravé dans la pièce.

Encore un adorateur du feu, un sauvage, un primitif… Et la procession continue ! Fedallah s'éloigne. Immédiatement, le petit Pip prend sa place. Pauvre Pip ! Rien de plus triste que la folie ! Il serait mieux mort que vivant… Que dit-il ?

Le petit Nègre fou était venu se planter devant la pièce d'or et bredouillait :

— Ce doublon… qu'est-ce que c'est ? Le nombril du navire ! Tous brûlent de le déclouer. Mais essayez un peu, et vous verrez les conséquences ! Et, même s'il reste là, collé à ce mât, c'est mauvais signe… C'est signe que les choses vont se gâter… Ah ! vieil Achab, tu vas bientôt en entendre parler, de ta baleine blanche !

— Ohé ! du navire ! Avez-vous vu la baleine blanche ?

C'était quelques jours plus tard. Une fois encore, le capitaine Achab interpellait un navire, un anglais cette fois, qui allait passer par notre arrière. Son porte-voix à la bouche, il se tenait debout dans sa chaloupe suspendue aux bossoirs et, comme pour bien la montrer, posait négligemment sa jambe d'ivoire sur le plat-bord.

Le capitaine anglais, installé lui aussi dans sa propre chaloupe, était un homme d'une soixantaine d'années, au visage bronzé par l'air du large. Vigoureux et de physionomie ouverte, il était vêtu d'une ample vareuse bleue de pilote dont la manche droite flottait vide derrière lui et rappelait la manche brodée, purement décorative, qui fait partie de l'uniforme des hussards[2].

— Avez-vous vu la baleine blanche ? répéta Achab.

— Et vous, avez-vous vu ça ? répliqua l'Anglais.

De sa main gauche, il avait retroussé sa manche droite et montrait un os de cachalot terminé par une sorte de marteau en bois.

— Descendez ma chaloupe ! cria le capitaine Achab avec une intonation fiévreuse.

En moins d'une minute, la chaloupe fut mise à l'eau et, faisant force de rames, vint se placer le long du navire anglais.

Mais alors, une étrange difficulté se présenta. Dans sa nervosité, Achab avait oublié que, depuis la perte de sa jambe, il n'avait pas mis le pied sur un autre navire que le sien et que, s'il évoluait sans peine sur le *Pequod*, c'était grâce à un dispositif spécial. De plus, il n'est facile pour personne de grimper d'une chaloupe à bord d'un navire en pleine mer, car les lames impriment à la chaloupe un mouvement incessant. Tantôt elles la soulèvent jusqu'au bastingage et tantôt elles la font plonger jusqu'au voisinage de la quille[3]. Ainsi, le capitaine Achab se trouvait, en l'occurrence, aussi paralysé qu'un terrien maladroit. Avec une expression furieuse, il contemplait le flanc du navire, et sa colère s'aggravait du fait que deux

---

2. Soldats de la cavalerie légère.

3. Pièce centrale, située sous le bateau et qui sert à l'équilibrer.

officiers, penchés sur le bastingage, semblaient attendre que le visiteur utilisât l'échelle de corde, décorée de deux élégantes rampes sculptées, près de laquelle ils étaient accoudés.

Comme si un infirme pouvait entreprendre avec quelque chance de succès un exploit aussi invraisemblable ! Dieu merci, cette scène muette ne dura qu'un instant. En effet, le capitaine anglais, ayant compris ce qui se passait, cria :

— C'est très simple ! Vous allez voir !

Et, s'adressant à ses marins :

— Vite, mes enfants, le crochet à dépeçage !

Par un bienfaisant hasard, le navire avait dû avoir, deux ou trois jours auparavant, une baleine arrimée[4] à son flanc, car les poulies étaient encore frappées[5] par le mât et, à leur extrémité, pendait le puissant crochet à lard, maintenant brillant de propreté. Quelques secondes plus tard, le crochet se balançait le long du navire. Achab s'en saisit, glissa son unique jambe dans la partie recourbée (comme s'il s'était agi d'un bras d'ancre ou d'une branche d'arbre), donna le signal et, pour faciliter la manœuvre, tira lui-même, à deux mains, sur l'un des câbles reliant le crochet aux poulies. L'opération dura peut-être une minute. Puis le maître du *Pequod* franchit le bastingage et fut délicatement déposé devant le cabestan. Déjà, le capitaine anglais s'avançait en tendant l'os de cachalot

4. Fixée.
5. Attachées.

qui remplaçait son bras droit. À son tour, Achab tendit sa jambe d'ivoire et s'écria, avec sa rudesse habituelle :

— Oui, c'est cela ! Avec joie ! Croisons nos os ! Croisons ce bras qui vous appartient à jamais et cette jambe qui ne pourra plus jamais courir ! Où avez-vous vu la baleine blanche ? Il y a combien de temps ?

— La baleine blanche…, répondit l'Anglais en levant son bras artificiel vers l'est. Je l'ai vue là-bas, dans les parages de l'équateur, pendant la saison dernière.

— Et c'est elle qui vous a enlevé ce bras ? fit Achab en s'approchant et en s'appuyant sur l'épaule de son interlocuteur.

— Oui… du moins, elle est responsable de l'affaire. Et vous, votre jambe ?

— Racontez-moi plutôt comment les choses, en ce qui vous concerne, se sont passées, insista Achab.

— Eh bien, dit l'Anglais, c'était la première fois que je croisais dans les parages de l'équateur. J'ignorais encore l'existence de la baleine blanche. Un jour, nous mîmes nos chaloupes à la mer pour poursuivre plusieurs baleines – elles étaient quatre ou cinq. Je m'attachai à l'une d'elles. On aurait juré un cheval de cirque. Elle tournait, tournait sans cesse autour de nous, comme si elle avait voulu nous faire chavirer. Et soudain, voilà que surgit, du fond de l'océan, une autre baleine, énorme celle-là, toute couverte de rides et de pattes-d'oie[6], avec une tête et une bosse blanches…

— C'était elle ! C'était elle ! cria Achab d'une voix haletante.

— Des harpons hérissaient sa nageoire tribord…

— Des harpons ? Les miens, bien sûr ! Mais continuez, de grâce, continuez.

— Si vous voulez que je continue, ne m'interrompez pas sans cesse, dit l'Anglais en souriant. Or donc, cette aïeule[7] à tête blanche se précipita, ruisselante d'écume, vers la ligne qui, déjà, nous reliait à la baleine que nous avions harponnée.

— Pardi, elle voulait la couper, pour délivrer l'autre baleine ! C'est un de ses trucs. Je le connais de longue date.

Imperturbable, le manchot enchaîna :

— Comment fit-elle son compte ? Je l'ignore. Toujours est-il qu'en voulant couper la ligne elle s'y entortilla, et de telle façon que, lorsque nous tirâmes dessus, c'est sur la bosse blanche que nous fûmes précipités, tandis que l'autre baleine, libérée, s'enfuyait, la queue en l'air ! Voyant que nous avions affaire à une bête exceptionnelle – une des plus grandes, une des plus nobles qu'il m'ait été donné de contempler –, je décidai, bien qu'elle me parût bien enragée, de la poursuivre et de la tuer. Pour être plus libre de mes mouvements, je sautai dans la chaloupe de mon

6. Rides.
7. Grand-mère.

second Mounttop, que voici et que j'ai l'honneur de vous présenter… Saisissant le premier harpon qui me tomba sous la main, je l'envoyai, rrran ! à cette arrière-arrière-grand-mère. Seigneur, qu'avais-je fait ? L'instant d'après, j'étais aussi aveugle qu'une chauve-souris. À travers l'écran d'écume noire qui me brouillait la vue, je ne voyais plus, et encore fort indistinctement, qu'une queue perpendiculaire comme un clocher ! Faire marche arrière ? Inutile d'y songer. Brusquement, au moment où je tâtonnais autour de moi dans l'espoir de mettre la main sur un second harpon, la queue s'abattit sur nous, coupant notre canot en deux ! Mais ce ne fut pas tout : la bosse blanche recula, achevant de broyer sous sa masse les deux parties de notre embarcation. Mes compagnons s'efforçaient de s'éloigner à la nage. Moi, sans savoir ce que je faisais, je m'étais cramponné à la hampe[8] du harpon que je venais de planter dans le corps de la bête. Celle-ci plongea. Que se passa-t-il alors ? Cela, dans ma mémoire, demeure confus et rapide comme un cauchemar. L'une des barbes d'un second harpon, venu je ne sais d'où, se planta dans mon bras. Je fus entraîné à une vitesse prodigieuse… Allais-je descendre jusqu'au fond de l'océan ? Puis la barbe acérée se fraya un chemin dans ma chair, tout le long de mon bras, et ressortit par mon poignet.

« J'étais libre ! Je me retrouvai à la surface, pantelant et nageant dans mon sang… Le reste, ce n'est

8. Manche de bois.

pas moi qui vous le raconterai, c'est le docteur Bunger, chirurgien du bord, que j'ai le plaisir de vous présenter.

Le docteur Bunger se tenait à deux pas d'Achab et du capitaine anglais. Cet homme encore jeune avait un visage étonnamment rond, à l'expression cependant pleine de gravité. Il était vêtu d'une chemise en laine, d'un bleu délavé, et d'un pantalon rapiécé. Il tenait dans sa main droite un épissoir[9], dans la gauche une boîte de pilules. Mais, depuis le début de l'entretien, il ne cessait de lancer des coups d'œil critiques aux membres d'ivoire des deux officiers. Il s'inclina non sans respect devant Achab et commença en ces termes :

— C'était une bien vilaine blessure. Sur mon conseil, le capitaine Boomer tourna notre vieux Sammy…

— Il faut vous dire, interrompit le manchot en s'adressant à Achab, que mon navire s'appelle le *Samuel Enderby*.

Et, se tournant vers le chirurgien :

— Continuez, Bunger.

— Je conseillai donc au capitaine Boomer, reprit le docteur Bunger, de faire route au nord, pour nous éloigner de la chaleur intolérable de l'équateur. Mais cela ne servit pas à grand-chose. Je faisais pourtant

---

9. Poinçon qui sert à écarter les fils de deux cordages pour mieux les assembler.

de mon mieux. Je passais toutes mes nuits au chevet du capitaine, je surveillais sévèrement son régime…

De nouveau, le capitaine Boomer l'interrompit.

— Sévèrement ! s'écria-t-il. En réalité, chaque soir, il buvait avec moi grog sur grog, si bien qu'il ne voyait plus clair lorsqu'il lui fallait refaire mes pansements. Lorsqu'il m'envoyait au lit, sur les trois heures du matin, nous étions à moitié ivres l'un et l'autre. Ah ! il peut s'en vanter : il surveillait sévèrement mon régime ! Allons, Bunger, faites risette ! Ne gardez pas cette expression sévère. Tout le monde sait qu'au fond vous êtes un joyeux drille. Mais n'importe ! Je vous aime bien. À tel point que je préférerais être tué par vous que sauvé par n'importe quel autre médecin !

Sans se départir de son calme, le docteur Bunger lança à Achab un coup d'œil entendu et lui dit :

— Vous le voyez, le capitaine Boomer est, à l'occasion, un homme assez facétieux. Je tiens cependant à souligner que je suis d'une sobriété exemplaire. Je ne bois jamais…

— Bien sûr ! s'écria le capitaine Boomer, il ne boit jamais ! Il oublie simplement de dire qu'il ne boit jamais… d'eau ! Voyons, Bunger, soyez franc : reconnaissez que vous êtes atteint d'hydrophobie[10]. Mais continuez votre histoire.

— Oui, je continue, cela vaut mieux, fit le docteur Bunger avec un petit air pincé. La blessure, malgré

10. Peur de l'eau.

tous mes efforts, s'aggravait sans cesse. Je n'avais jamais vu plaie aussi laide. Et quelle longueur ! Elle mesurait deux pieds et quelques pouces[11]. Je la sondai… Tout cela ne me disait rien qui vaille. La gangrène[12] n'était pas loin… Alors, je pris une grande résolution : je coupai. Et voilà le capitaine Boomer amputé d'un bras… Mais cet os de cachalot, ajouta-t-il en montrant l'étrange bras artificiel, ce n'est pas moi qui en ai eu l'idée, c'est le capitaine lui-même. Il l'a commandé à notre charpentier. Pourquoi y a-t-il fait ajouter ce maillet ? Peut-être pour fendre le crâne de quelqu'un, comme il a voulu, un jour, fendre le mien.

Achab, qui commençait à s'impatienter, revint à la charge :

— Et la baleine blanche, que devint-elle après cette aventure ?

— C'est vrai… la baleine blanche…, murmura le capitaine Boomer. Eh bien, nous ne la revîmes plus de quelque temps. D'ailleurs, comme je vous l'ai déjà dit, j'ignorais à qui j'avais eu affaire. Ce fut seulement lorsque nous revînmes dans les parages de l'équateur que j'appris la vérité : je m'étais frotté à Moby Dick, comme certains l'appellent.

— Et depuis ?

— Nous l'avons croisée deux fois encore.

---

11. Près de 70 cm.

12. Infection et pourriture des tissus qui oblige le médecin à couper le membre concerné.

— Vous n'avez pas pu la harponner, je parie ?

— Je n'ai même pas essayé. Il me suffisait d'avoir perdu un bras. Que deviendrais-je si j'étais privé de celui qui me reste ! Je n'ai pas envie de fournir à Moby Dick un second repas prélevé sur ma propre chair !

— Quelle était sa direction ?

— Eh bien, je crois... Je crois qu'elle se dirigeait vers l'est, répondit Boomer, les yeux écarquillés par la surprise.

Ayant repris place sur le crochet de dépeçage, Achab ordonna aux marins du *Samuel Enderby* :

— Descendez-moi !

Un moment plus tard, il était à l'arrière de sa chaloupe. Il ne bougea même pas lorsque ses hommes se jetèrent sur les avirons. Tournant le dos au navire anglais, les traits aussi durs que s'ils avaient été taillés dans le silex, il demeura immobile comme une statue jusqu'à ce que son embarcation eût atteint le flanc du *Pequod*.

12

La jambe d'Achab

Comme je viens de le dire, le capitaine Achab avait quitté le *Samuel Enderby* avec précipitation. Il ne se rendit pas compte, en prenant place dans sa chaloupe, qu'il avait heurté sa jambe d'ivoire contre l'un des bancs. Mais, lorsqu'il eut regagné le pont du *Pequod* et planté son os de cachalot dans l'un des trous percés dans le gaillard d'arrière, il se retourna avec tant de violence, pour lancer un ordre au timonier, que l'ivoire, déjà fêlé, se tordit. Certes, l'étrange membre pouvait encore servir, puisqu'il n'était pas brisé. Il n'en reste pas moins que le vieil homme commença de lui accorder moins de confiance qu'auparavant.

Dès qu'il s'aperçut que sa jambe était fêlée, Achab prit une décision simple et pratique : il fit appeler le charpentier du bord.

Lorsque le charpentier se trouva devant lui, il lui ordonna, sur un ton sans réplique :

— J'ai besoin d'une autre jambe. Fabrique-la dans le moindre délai.

Enfin, il fit venir le forgeron et lui dit :

— Tu sortiras la forge de la cale et tu aideras le charpentier dans toute la mesure du possible.

Le charpentier du *Pequod*, malgré l'humilité de ses fonctions, n'était pas un personnage sans importance. Comme tous les charpentiers de la marine – et plus particulièrement ceux qui sont attachés aux baleiniers –, il était à la fois nonchalant et actif, et fort habile dans de nombreux métiers rattachés au sien de loin ou de près. Par exemple, il connaissait à fond les mille secrets de mécanique empirique[1] auxquels il faut sans cesse avoir recours pour assurer la bonne marche d'un navire qui, pendant trois ou quatre ans, croise dans les océans lointains et sauvages. Non seulement il accomplissait à merveille les devoirs ordinaires de sa charge[2], à savoir la réparation des embarcations, des espars, des avirons, des hublots, des planches du pont, de la mâture, etc., mais encore il se montrait, dans bien d'autres domaines, d'une adresse incomparable et souvent pleine de fantaisie. Tous ces rôles variés et nombreux, il les interprétait derrière son établi[3], une longue et lourde table,

1. Fondée sur l'expérience mais approximative.
2. Qui correspondaient à ses fonctions.
3. Table sur laquelle on travaille.

grossièrement équarrie[4], munie de plusieurs étaux[5] à fer et à bois. En tout temps, sauf quand une baleine était amarrée le long du navire, cet établi était installé à deux pas des chaudières.

Ce soir-là, pendant le premier quart de nuit, dès qu'il eut avalé son déjeuner, il revint se placer derrière son établi, éclairé par la lumière de deux fanaux. Avec acharnement, il se mit à limer le morceau d'ivoire qui devait remplacer la jambe fêlée du capitaine Achab. Autour de lui, sur son établi, il y avait des lanières de cuir, des vis, des outils de toutes sortes. À l'avant du navire, la forge rougeoyait.

Tout en travaillant, le charpentier éternuait sans répit. Et voici ce qu'il marmonnait :

— La peste soit de cette lime et de cet os ! La lime est molle. L'os est dur. Comment, avec un outil semblable, venir à bout d'une vieille mâchoire ou d'un vieux tibia ? – en admettant que les cachalots aient des tibias… Essayons une autre lime… Oui, celle-ci semble meilleure… Atchoum ! Ah ! cette maudite poussière !… Atchoum ! Atchoum ! Voilà qu'elle ne veut même plus me laisser parler… Sciez du bois ou même un os vivant, et vous n'aurez pas de poussière… Voyons, cette virole[6], cette boucle : je vais en

---

4. Taillée à angles droits.

5. Instruments formés de deux mâchoires servant à immobiliser un objet.

6. Bague de métal servant à empêcher quelque chose de se fendre.

avoir besoin dans un instant… Heureusement que le capitaine ne m'a pas demandé de lui faire une rotule ! Mais une guibolle… une simple guibolle, c'est aussi facile qu'une perche à houblons. Ce qu'il faut, c'est de la patience, beaucoup de patience. Ah ! si j'avais le temps, je lui ferais quelque chose de beaucoup plus joli. Mais ce diable d'homme est toujours pressé… D'ailleurs, j'ai presque fini… Il ne reste plus qu'à couper, pour la longueur. Pourvu que ce ne soit pas trop court !… Le mieux est que j'aille chercher le vieux… Mais justement le voilà ! Ça, c'est une chance !…

En effet, le capitaine Achab s'avançait vers l'établi.

— Alors, où en es-tu, Smut, toi qui remplaces les membres disparus ?

— Vous tombez à pic, capitaine, répondit le charpentier. Si vous le permettez, je vais prendre votre mesure.

— Prendre la mesure de ma jambe ? Bon. Très bien. D'ailleurs, ce n'est pas la première fois, n'est-ce pas ? Vas-y. Fais ton travail. J'attends. Tu as de superbes étaux sur ton établi. Celui-là, par exemple. Serre-t-il bien ?… Ma foi, on peut même dire qu'il pince !

— Attention, attention, capitaine ! Avez-vous donc l'intention de vous écraser la main ?

— Ne crains rien, Smut. Dans cet univers, où j'ai l'impression que tout me glisse entre les doigts, j'aime à sentir quelque chose de solide, quelque chose qui me résiste. Que fait-il donc là-bas, notre Prométhée[7]… je veux dire : le forgeron ? Oui, que fait-il ?

— Il doit être en train de forger la vis de la boucle, capitaine.

— Parfait. En somme, il est ton associé. C'est lui qui fournit la force, le muscle ! Regarde-moi cet effrayant brasier !

— Vous comprenez, capitaine, pour un travail aussi délicat, il faut qu'il pousse le métal au blanc… Mais nous avons assez bavardé. Dans combien de temps auras-tu fini ce travail ?

— Dans une heure environ, capitaine.

— Très bien. Apporte-moi ton chef-d'œuvre dès qu'il sera terminé.

Et, faisant demi-tour, le capitaine Achab se dirigea vers le gaillard d'arrière.

---

7. Personnage de la mythologie qui déroba le feu aux dieux pour l'apporter aux hommes.

13

Queequeg dans son cercueil

Le lendemain, selon notre habitude, nous étions en train de pomper, lorsque soudain une proportion considérable d'huile parut, mêlée à l'eau. L'inquiétude se répandit bientôt dans l'équipage, et Starbuck descendit à la cabine pour mettre le capitaine Achab au courant de cette découverte désagréable. Pour l'intelligence de ce qui précède, je tiens à indiquer que, lorsqu'un baleinier transporte une quantité d'huile importante, on introduit dans la cale un conduit[1] avec lequel on arrose d'eau de mer les tonneaux. Cette opération a lieu deux fois par semaine. Elle permet non seulement de maintenir les tonneaux

1. Tuyau.

dans un état d'humidité convenable, mais encore de s'assurer, par l'examen de l'eau remontée chaque jour au moyen des pompes, si une fuite s'est produite dans la précieuse cargaison.

À ce moment, nous approchions de Formose et des îles Bachi, entre lesquelles se trouve, comme chacun sait, l'un des couloirs permettant de passer de la mer de Chine dans le Pacifique.

Quand Starbuck poussa la porte de la cabine, le capitaine Achab était penché sur deux cartes, l'une représentant les archipels d'Extrême-Orient, l'autre les côtes est des trois principales îles japonaises : Nippon, Yeso et Sikok. Il appuyait sa nouvelle jambe d'ivoire, blanche comme neige, contre le pied vissé de la table et, les sourcils froncés, il refaisait en esprit tous ses voyages depuis sa jeunesse.

— Qui est là ? grommela l'extraordinaire vieillard. Remontez sur le pont ! Allez-vous-en !

— C'est moi, votre second, capitaine, dit Starbuck. Il y a une fuite dans la cale. Il faut préparer les palans et ouvrir l'écoutille.

— Préparer les palans et ouvrir l'écoutille ! Vous voulez donc que nous mettions en panne une semaine peut-être, alors que nous approchons du Japon ! Et tout cela pour quelques vieux tonneaux !

— Si nous ne faisons rien, capitaine, nous risquons de perdre en quelques jours toute notre cargaison d'huile. Est-ce pour cela que nous avons parcouru vingt mille milles ?

— Non, ce n'est pas pour cela !

— Pour quoi, alors, capitaine ?

— Pour autre chose... Laissez-la fuir, votre huile ! Moi-même, je fuis de partout. Il n'y a pas que les tonneaux qui ont des fuites, sur le *Pequod* ! Est-ce que je m'arrête pour... pour me réparer ? Non, Starbuck, non ! Je ne ferai pas préparer les palans ! Je ne ferai pas ouvrir l'écoutille !

— Mais, capitaine, que diront les propriétaires lorsqu'ils sauront... ?

— Les propriétaires, je m'en moque comme de ma première chemise ! Qu'avez-vous toujours à me rebattre les oreilles avec ces pingres de propriétaires ? À vous entendre, on croirait que ces gens-là me tiennent lieu de conscience ! Le seul propriétaire d'un navire en mer, c'est son capitaine ! Remontez sur le pont, Starbuck !

En rougissant, mais avec une étrange fermeté, le second du *Pequod* s'avança de quelques pas.

— Capitaine, dit-il, je n'aime pas à être traité de cette façon. Toutefois, je veux bien oublier que vous êtes mon aîné... et aussi un homme très malheureux...

— Quoi, gredin, tu te permets... ? Allons, sur le pont, et plus vite que ça !

— Non, capitaine, pas encore. Je vous supplie d'être indulgent, de m'écouter. Nous est-il donc impossible de nous entendre ?

Furieux, Achab prit, dans son râtelier[2] d'armes, un fusil chargé et, le dirigeant sur Starbuck, s'écria :

— Il n'y a qu'un Dieu qui est le maître de la Terre, et il n'y a qu'un capitaine qui est le maître du *Pequod* ! Hors d'ici ! Sur le pont !

Quelques instants, les yeux étincelants, les joues enflammées, Starbuck eut la même expression que si le vieillard avait déjà pressé sur la détente de son fusil. Puis, se maîtrisant, il fit demi-tour et, avant de quitter la cabine, il articula :

— Vous m'avez outragé[3], mais non insulté, capitaine. Je ne pousserai pas la sottise jusqu'à vous dire que j'ai l'intention de me venger. Vous me ririez au nez. Non, je me contente de vous dire ceci : « Méfiez-vous de vous-même. Vieillard, méfie-toi de toi-même ! »

Quand Starbuck eut refermé la porte, le capitaine Achab, se servant de son fusil comme d'une canne, arpenta[4] un moment le plancher de la cabine, tout en murmurant :

— Il devient courageux. Mais il obéit quand même. Prudence et courage… Qu'a-t-il dit ? «Vieillard, méfie-toi de toi-même… »

Plusieurs fois encore, il répéta : « Vieillard, méfie-toi de toi-même… » Enfin, les traits détendus,

---

2. Étagère où l'on range les fusils.
3. Porter atteinte à une personne.
4. Marcha de long en large.

il replaça le fusil dans le râtelier et monta sur le pont. Là, il s'approcha de son second et lui murmura à l'oreille :

— Tu es un bon garçon, Starbuck...

Et, prenant, à l'intention de l'équipage, sa voix de commandement :

— Serrez les perroquets[5], carguez les huniers[6], ferlez la misaine[7] ! Après cela, vous hisserez les palans et vous ouvrirez la cale principale !

Quelques minutes plus tard, ses ordres étaient exécutés, c'est-à-dire qu'on avait hissé les palans et que la cale principale était ouverte.

Au bout d'un moment, on se rendit compte que les tonneaux placés sur le dessus étaient intacts. Alors, pour atteindre ceux qui se trouvaient au fond de la cale, on amena les premiers, comme de gigantesques taupes, à la lumière du jour, puis les seconds, les troisièmes. Si bien que, dans un laps de temps assez court, les ponts, encombrés, devinrent d'un accès difficile, et que la cale, presque vide, commença de résonner sous nos pas. La coque, allégée, roulait et tanguait sur la mer, et le navire, chargé trop haut, faisait penser à un étudiant qui n'a pas dîné et dont

5. « Pliez et fixez les voiles le long d'un mât. »

6. « Serrez les voiles carrées situées au-dessus des basses voiles. »

7. « Relevez, pli par pli, la voile du premier mât situé à l'avant. »

la tête est trop pleine de science. Que se serait-il passé si, pendant cette opération, un typhon avait fondu sur nous ?

Ce fut pourtant ce jour-là que Queequeg, mon cher cannibale et ami intime, fut victime d'une fièvre qui faillit lui coûter la vie.

Vous me croirez sans peine, je l'espère, si je vous dis que, dans le métier de baleinier, il n'y a pas de sinécures. Plus vous vous élevez dans la hiérarchie du bord, plus votre tâche est rude. En qualité de harponneur, Queequeg devait non seulement affronter les cétacés vivants, mais encore participer au dépeçage, enfourner le lard dans les chaudières, aider à l'arrimage des tonneaux[8] dans les ténèbres de la cale.

Pauvre Queequeg ! Lorsque la grande cale était ouverte, vous auriez pu, en vous penchant par-dessus le bord de l'écoutille, l'apercevoir rampant, nu jusqu'à la ceinture, dans la sombre humidité de ces profondeurs. On aurait dit un lézard vert glissant sur la vase, tout au fond d'un puits. Et, comme il fallait s'y attendre, il attrapa, dans ce puits glacé, un refroidissement si carabiné qu'il dut « garder le hamac » et que, quelques jours plus tard, il se trouvait au seuil même de la mort.

Tout l'équipage le jugeait perdu. Quant à Queequeg lui-même, il se rendait si bien compte de son

8. À attacher les tonneaux.

état qu'il crut pouvoir se permettre de demander une surprenante faveur. Un jour, pendant le petit quart du matin, c'est-à-dire à l'instant où l'aube commençait à poindre, il fit signe à l'un de nos compagnons de s'approcher de son hamac et, lui prenant la main, il lui dit à peu près ceci :

— Pendant mon séjour à Nantucket, j'ai vu par hasard certains petits canots faits dans le même bois sombre que les pirogues de guerre de mon île natale. M'étant renseigné, j'ai appris que les baleiniers, lorsqu'ils mouraient à Nantucket, étaient enterrés dans ces canots. Cette révélation m'a causé un grand plaisir, car il m'a semblé qu'il y avait là quelque chose de comparable aux coutumes de mon pays. En effet, chez nous, lorsqu'un guerrier vient de mourir, on commence par l'embaumer, puis on le couche dans sa pirogue. Après quoi, on laisse les flots l'emporter vers les archipels étoilés. Car les hommes de ma race croient que les étoiles sont des îles. Ils croient aussi qu'au-delà de l'horizon l'océan se fond dans l'azur des cieux pour former les brisants[9] neigeux de la Voie lactée. Mais moi, je tremble à l'idée d'être roulé dans mon hamac et jeté aux requins ! Non, je ne veux pas être abandonné en pâture à ces mangeurs de morts ! Je veux un canot comme ceux que j'ai vus à Nantucket. Ils me sont d'autant plus sympathiques qu'ils ressemblent vaguement à des baleinières, mais des

9. Rochers éloignés de la côte.

baleinières sans quille qu'il doit être difficile de manœuvrer sur l'océan de l'éternité…

Voici à peu près ce que disait mon cher cannibale à l'un de nos compagnons.

Dès que le capitaine eut été mis au courant, il donna l'ordre au charpentier de faire tout son possible pour déférer au désir[10] exprimé par Queequeg. Il commanda au charpentier de fabriquer le cercueil avec des planches de couleur sombre provenant de plusieurs arbres coupés, au cours d'un précédent voyage, dans les forêts des îles Lackaday. Le vieux Smut se munit de sa règle et, sans le moindre retard, alla prendre les mesures du mourant.

De retour à son établi, il groupa ses outils, ainsi que les planches que le capitaine Achab lui avait conseillé d'utiliser. Puis, avec sa promptitude[11] ordinaire, il se mit à l'ouvrage.

Le dernier clou enfoncé et le couvercle dûment[12] ajusté, il plaça le cercueil sur son épaule et se dirigea vers le gaillard d'avant, en demandant :

— Va-t-on l'utiliser tout de suite ?

Naturellement, certains lui répondirent par des cris indignés. D'autres se contentaient d'éclater de rire sur son passage. Queequeg, alerté par ce bruit, trouva, malgré sa faiblesse, le moyen de crier :

— Qu'on m'apporte tout de suite mon cercueil !

---

10. Satisfaire le désir.
11. Rapidité.
12. Correctement.

La consternation fut générale. Mais comment aurait-on trouvé le courage de ne pas lui donner satisfaction ? Et puis, n'est-il pas d'usage de s'incliner devant les moindres volontés des mourants ?

Se penchant par-dessus son hamac, Queequeg, d'un œil attentif, considéra longuement le cercueil. Lorsque, sur sa demande, on lui eut apporté son harpon, il le démonta et le fit déposer – fer et manche – entre les planches noires, ainsi que l'un des avirons de sa baleinière. Sur sa demande également, on aligna, le long des planches, un certain nombre de biscuits. Mais ce n'était pas tout. Il voulut encore qu'on plaçât, près des biscuits, une bouteille d'eau douce, puis, à l'emplacement de la tête, un morceau de toile roulée en forme de traversin et, aux pieds, un sac de terre, ou plutôt de vase mêlée d'éclats de bois pourris qui provenait de la cale. Après quoi, sur un ton sans réplique :

— Couchez-moi là-dedans ! ordonna-t-il.

Il resta quelques minutes immobile dans le cercueil. Ensuite, il pria l'un de nous de lui donner son petit dieu, son Yojo. Dès qu'il eut posé Yojo sur sa poitrine, il croisa les bras et dit :

— Fermez l'écoutille !

Le couvercle – j'ai omis de le signaler – comportait, à la hauteur de la tête, une sorte de hublot articulé grâce à des charnières[13] en cuir. On ferma donc le

---

13. Attaches articulées.

couvercle, en laissant ouvert le hublot. Queequeg nous apparut alors paisible et parfaitement détendu. Au bout d'un long moment, il murmura :

— Ça ira. On est très bien dans ce cercueil… Et maintenant, replacez-moi dans mon hamac.

Ce qui fut fait. Et le lendemain, miracle ! Ayant pris toutes ses dispositions pour mourir et constaté que son cercueil était bien adapté à sa personne, Queequeg, sans crier gare, revint brusquement à la vie !

Avez-vous remarqué que les sauvages, contrairement aux civilisés, n'ont presque jamais besoin de convalescence ? Queequeg retrouva presque aussitôt son appétit. Après s'être prélassé[14] deux ou trois jours sur le cabestan, il se dressa soudain, s'étira, bâilla à s'en décrocher la mâchoire. Puis, saisissant son harpon, il sauta dans sa baleinière, qui se balançait aux bossoirs, et cria :

— C'est fini ! Je suis prêt à me battre !

Et le cercueil ? demandez-vous. Eh bien, toujours débordant de fantaisie, mon cher cannibale s'en servit comme coffre pour ses objets personnels et ses vêtements. Il passa ses heures de loisir à en orner le couvercle, avec la pointe de son couteau, de dessins qui reproduisaient ses tatouages. Or, ces tatouages, il les devait, paraît-il, à un sorcier de son pays. Que représentaient-ils ? Sans doute les symboles mystérieux de l'univers, tels qu'un esprit primitif peut les imaginer.

14. Avoir paressé.

14

Le Pacifique

Lorsque nous eûmes doublé les îles Bachi et que des milliers de lieues de flots bleus se déployèrent sous mon regard, j'aurais dû, si je n'avais eu tant d'inquiétudes, saluer l'océan Pacifique par des acclamations d'allégresse. N'était-ce pas, en effet, le rêve de toute ma jeunesse qui se trouvait enfin exaucé ?

Il y a une sorte de doux mystère dans cette mer, dont les lames souples et redoutables semblent obéir à l'action même d'une âme cachée sous leur surface. Mais il s'agit d'une âme multiple et multiforme : celle de millions d'ombres humaines, de millions de rêves anéantis qui, tels de mauvais dormeurs, se retournent sans fin dans leur sépulture liquide. Ne le verrait-il qu'une fois, le voyageur, s'il est ouvert à la poésie, ne peut s'empêcher d'avoir une préférence pour le Pacifique, carrefour de toutes les eaux du monde. La mer des Indes et l'Atlantique ne sont que ses membres. Ses vagues lèchent non seulement les villes de Californie, mais les terres splendides de l'Asie, plus vieilles que les ancêtres d'Abraham ; non seulement les constellations d'atolls de l'Océanie, mais les archipels innombrables de l'impénétrable Japon. Ainsi, le Pacifique embrasse la Terre entière. Lorsque vous vous sentez bercé par ses houles éternelles, vous ne pouvez vous empêcher de murmurer : « C'est un dieu ! C'est Pan, maître de l'Univers ! Salut au grand Pan ! »

Le capitaine Achab avait, lui, d'autres soucis en tête que le grand dieu Pan. Immobile comme une statue de bronze à sa place habituelle, près du gréement d'artimon[1], il respirait d'une narine le parfum sucré des îles Bachi et, de l'autre, l'odeur salée de ce Pacifique où, sans doute, à ce moment même, rôdait son ennemie mortelle, la baleine blanche. Depuis que nous avions quitté la mer de Chine, sa volonté se durcissait, ses lèvres se serraient comme les leviers d'un étau, les veines de son front se gonflaient, prêtes à éclater, et, même dans son sommeil, nous l'entendions parfois hurler, d'une voix qui perçait la coque du navire :

1. Ensemble des voiles et poulies du mât situé le plus en arrière du bateau.

— Tout le monde à l'arrière ! La baleine blanche crache son jet de sang !

Le forgeron du bord s'appelait Perth. C'était un vieil homme au visage noirâtre, aux épaules voûtées, aux mains couvertes d'ampoules.

Un matin, un peu avant midi, Perth, la barbe en broussaille et la taille serrée dans un tablier en peau de requin, se tenait debout entre sa forge et son enclume. D'une main, il avait posé un fer de lance sur les charbons enflammés et, de l'autre, il s'apprêtait à tirer sur la chaîne du soufflet. Soudain, apparut le capitaine Achab, portant un sac en cuir, de couleur rouille. Il s'arrêta à quelques pas, tandis que Perth, après quelques coups de soufflet, retirait le fer du brasier et, dans un grand jaillissement d'étincelles, commençait à le marteler sur l'enclume.

Il fit sonner le sac de cuir, comme une bourse pleine de pièces d'or.

— Moi aussi, Perth, je veux un harpon, un harpon assez solide pour que tous les démons de l'enfer ne puissent le briser, un harpon qui se plantera dans la baleine blanche et qui fera corps avec elle, comme l'os de sa nageoire. Voilà les matériaux ! ajouta-t-il en lançant le sac sur l'enclume. Tu te demandes, forgeron, de quoi il s'agit ? Ce sont des clous… tu sais bien, ces clous dont on se sert pour ferrer les chevaux de course !

— Des clous pour les fers des chevaux de course ? répéta Perth. Dans ces conditions, capitaine, vous avez eu la main heureuse. Il n'est rien de plus souple et de plus résistant que ce métal-là.

— Je le sais, forgeron, je le sais ! Ces clous vont se fondre ensemble comme de la colle faite avec des os d'assassins ! Allons, au travail, forge-moi ce harpon. Tout d'abord, tu vas forger la hampe. Tu prépareras douze tiges, que tu tordras ensemble comme les fils d'un câble. Au travail ! Au travail ! Je vais faire marcher moi-même ton soufflet !

Un peu plus tard, lorsque les douze tiges furent terminées, Achab les examina avec la plus grande attention. Brusquement, il rejeta la dernière en disant :

— Elle a une paille[2]. Remets-la sur l'enclume.

Un peu plus tard encore, comme Perth s'apprêtait à battre les tiges ensemble, Achab, d'un geste, l'arrêta en disant :

— À moi !

Avec des halètements réguliers, il se mit à cogner sur l'enclume. Perth lui passait l'une après l'autre les tiges rougies au feu. La forge dressait dans l'atmosphère une flamme droite, éblouissante. Le sombre Fedallah s'approcha en silence et se pencha sur le feu, comme pour lui jeter une malédiction.

Stubb, qui, du gaillard d'arrière, observait cette scène, murmura :

— Que sont-ils en train de fabriquer ? On dirait

2. Petit défaut.

les valets de Lucifer. Et ce Fedallah ! Il se penche sur le feu... Il a lui-même l'air d'un démon...

Enfin, la hampe fut soumise une dernière fois à l'action du brasier. Puis Perth, pour la refroidir, la plongea dans un baquet plein d'eau. Le métal siffla et la vapeur bouillante s'éleva jusqu'au visage du capitaine Achab.

Celui-ci ne put maîtriser une grimace de douleur.

— Perth, s'écria-t-il, penses-tu donc que je ne suis pas assez défiguré comme cela ? Ai-je forgé le fer avec lequel je dois être marqué, comme un simple mouton ?

— Non, non, capitaine ! s'empressa de répondre le forgeron. Mais ce harpon... Il m'est venu une idée, une crainte plutôt... Ne le destinez-vous pas à la baleine blanche ?

— Oui, Perth, à la baleine blanche, à la diablesse blanche ! Et maintenant, la pointe ! Ce sera ton travail, Perth. Voilà mes rasoirs, le meilleur acier qui soit. Fais-moi quelque chose d'aussi pointu qu'un glaçon !

Un moment, le forgeron regarda les rasoirs, comme s'il hésitait à les utiliser.

— Prends-les, Perth ! Prends-les. Je n'en ai plus besoin. J'ai fait serment de ne plus me raser, de ne plus manger, de ne plus prier même, aussi longtemps que... Mais cela suffit. Au travail !

Lorsque la pointe en forme de flèche eut été soudée à la hampe, Perth dit au capitaine Achab :

— S'il vous plaît, capitaine, voulez-vous approcher le baquet ?

— Non, non, pas d'eau ! répondit Achab. Je veux, pour mon harpon, une autre trempe[3].

Et, d'une voix forte :

— Tashtego ! Queequeg ! Daggoo ! Écoutez-moi, païens que vous êtes ! Êtes-vous prêts à me donner assez de sang pour tremper ce harpon ?

Les trois harponneurs répondirent « oui » d'un signe de tête. Le capitaine leur fit à chacun une piqûre au bras. Puis, tandis que le sang s'évaporait sur l'acier brûlant, il murmura, avec une expression hallucinée :

— Je ne te baptise pas au nom du Père, mais au nom du Diable !

Enfin, s'aidant de son harpon comme d'une canne, il fit demi-tour et se dirigea vers l'écoutille de sa cabine. Le bruit de sa jambe d'ivoire et celui de la hampe faisaient résonner les planches du pont. Mais, au moment de descendre l'échelle de l'écoutille, le capitaine s'arrêta, tendit l'oreille. Il venait de percevoir un bruit étrange : le rire léger, surnaturel et déchirant du petit Nègre Pip.

Pendant quelques semaines, aucun événement notable ne se produisit. Depuis que nous roulions dans l'immensité bleue du Pacifique, nous étions ivres de beauté. Un après-midi, Starbuck, accoudé au

3. Immersion, dans un bain froid, d'un métal chauffé à blanc.

bastingage, contemplait l'horizon doré. Tout à coup, lui si calme d'ordinaire, il soupira :

— Beauté insondable[4] ! Jamais fiancé n'en a vu de semblable dans les prunelles de sa future épouse ! Grand océan, je veux oublier les crocs de tes requins ! Je veux oublier que tu voles et que tu dévores des hommes ! Que ma foi chasse jusqu'à l'aspect de la réalité ! Que mon imagination anéantisse ma mémoire ! Qu'il me suffise, pour croire, de garder les yeux fixés sur les abîmes[5] !

À ce moment, les vigies signalèrent un navire. Il s'agissait du *Célibataire*, baleinier de Nantucket, qui venait juste de remplir son dernier tonneau d'huile et de verrouiller sa cale, prête à éclater. Et maintenant, non sans orgueil, il faisait, pour ainsi dire en habit de fête et avant d'orienter sa proue vers son port d'attache, une sorte de tournée parmi les autres baleiniers disséminés sur le prodigieux terrain de pêche du Pacifique.

Les trois vigies perchées à la pointe des mâts portaient à leurs chapeaux de longs rubans rouges. À sa poupe, une baleinière était accrochée la quille en l'air. Une mâchoire inférieure de baleine se balançait au bout-dehors[6] de son beaupré. Et partout, dans le

---

4. Énigmatique.
5. Trous immenses et profonds (ici, c'est une image).
6. Pièce de bois que l'on ajoute au beaupré (mât placé à l'avant) pour fixer une voile supplémentaire.

gréement, flottaient des pavillons et des drapeaux. Chaque nid-de-pie était pourvu de deux fûts[7] de spermaceti alimentant une lampe de cuivre.

Levant un verre et une bouteille, le capitaine du *Célibataire* cria gaiement :

— Venez à mon bord ! Venez à mon bord !

— Avez-vous vu la baleine blanche ? demanda Achab d'une voix grinçante.

— Quelle blague ! J'en ai entendu parler. Mais je n'y crois pas. Venez à mon bord !

— Vous avez l'air bien trop satisfait de vous-même ! répliqua le maître du *Pequod*. Continuez votre route. Avez-vous perdu des gens ?

— En tout et pour tout, deux Islandais. Cela vaut-il la peine d'en parler ? Allons, mon cher, venez à mon bord. Nous sommes heureux. Notre navire est plein, et nous rentrons au pays !

Achab grommela :

« C'est étonnant comme les imbéciles peuvent être familiers ! »

Puis, à haute voix :

— Votre navire est plein et vous rentrez au pays ! Eh bien, moi, mon navire est vide et je ne suis pas près de regagner Nantucket ! Poursuivons chacun notre route !

Et, se tournant vers son équipage :

7. Tonneaux.

— Holà ! vous autres ! Toutes voiles dehors et droit dans le vent !

La chance serait-elle contagieuse ? Le lendemain de notre rencontre avec le joyeux *Célibataire*, nous tuâmes quatre baleines, ou plutôt trois baleines et un cachalot, ce dernier exécuté par le capitaine Achab lui-même.

Les quatre cétacés avaient été tués très loin les uns des autres. Les trois baleines purent être remorquées jusqu'au *Pequod* avant que l'obscurité fût complète. Mais le cachalot dériva si longtemps qu'on ne put l'atteindre avant le matin. Une baleinière – celle du capitaine Achab – le suivit lentement toute la nuit.

Dans cette baleinière, chacun semblait dormir, sauf Fedallah, qui, accroupi à la proue, surveillait les requins. Ceux-ci tournaient autour du cadavre et, de temps à autre, venaient frôler l'embarcation. Le vent faisait un bruit de chevaux au galop.

Soudain, Achab s'éveilla en sursaut. Fedallah, toujours accroupi, lui faisait face maintenant. Et les deux hommes, maître et serviteur, environnés de ténèbres, semblaient être les derniers survivants d'un univers englouti.

— J'ai dû rêver, dit Achab.

— De quoi ? D'un corbillard ? chuchota Fedallah. Ne sais-tu donc pas, vieillard, que tu n'auras ni corbillard, ni cercueil ?

— Bien sûr. Quand on meurt en mer, il faut bien se passer de corbillard…

— Oui, tu mourras au cours de ce voyage, reprit Fedallah. Mais, avant ta mort, tu verras deux corbillards sur l'océan. Je te le prédis !

— Étrange spectacle, Fedallah, qu'un corbillard empanaché[8] glissant sur les flots ! Et qui tiendra les cordons du poêle[9] ? Non, non, Fedallah, ce n'est pas demain que nous pourrons contempler un tel spectacle !

— Cependant, tu ne mourras qu'après l'avoir contemplé...

— Et à ton sujet, que prédis-tu, Fedallah ?

— Que je te précéderai partout, que je resterai jusqu'au bout ton pilote.

— Mon pilote ? répéta Achab. Comment resterais-tu mon pilote jusque dans la mort ? Non, non, Fedallah, je ne te crois pas. Tout ce que tu viens de me dire me persuade, au contraire, que je tuerai Moby Dick et que je lui survivrai !

— Tu es libre, vieillard, de ne pas me croire. Pourtant, il me reste une troisième chose à te dire : le chanvre[10] seul peut te précipiter dans l'autre monde !

Cette fois, Achab éclata d'un rire sarcastique.

— Le chanvre, c'est-à-dire la potence ! s'écria-t-il. Décidément, Fedallah, tu divagues ! Comme je suis bien certain de n'être jamais pendu, je vais finir par me persuader que je suis au contraire immortel ! Tu

8. Orné d'un panache.
9. Cordons du drap qui recouvre le cercueil.
10. Matériau dont sont faits certains cordages.

entends bien, Fedallah, immortel sur terre et sur mer !

Après cela, les deux interlocuteurs retombèrent dans leur silence. Une aube grisâtre commençait à poindre. Les rameurs, l'un après l'autre, se redressèrent sur leurs bancs. Avant midi, le cachalot était amarré le long du *Pequod*.

15

Le typhon

L'équateur ! Le jour viendrait-il enfin où nous recevrions l'ordre de tourner dans sa direction la proue du *Pequod* ? Maintenant, chaque fois que le capitaine sortait de sa cabine, le timonier rectifiait la position. Les marins allaient se placer sous les vergues et s'immobilisaient, non sans regarder ostensiblement le doublon cloué dans le mât. L'ordre tant attendu vint à son heure. Ce jour-là, vers midi, le capitaine s'installa dans une baleinière suspendue aux bossoirs et se disposa à faire le point. Cette opération terminée, il posa son sextant[1] sur l'un de ses genoux et se mit

1. Instrument qui mesure la distance d'un astre avec l'horizon.

à contempler le soleil, en murmurant d'une voix sourde :

— Le meilleur et le plus puissant de tous les pilotes, c'est toi, Soleil ! Malheureusement, si tu me dis où je suis, tu es incapable de me dire où je vais. Et, si je te pose cette question : « Où est Moby Dick ? », tu ne me réponds pas !

Puis, penchant la tête et regardant son sextant :

— Et toi, jouet stupide et juste bon à amuser d'arrogants personnages tels que les commodores[2] et les amiraux ! L'humanité est fière de t'avoir inventé. Mais tu ne sais rien faire d'autre que de mesurer les angles et les distances. Tu es incapable de me dire où se trouvera demain telle goutte d'eau, tel grain de sable. Et tu oses affronter le soleil ! Jouet médiocre, jouet inutile, je te maudis !

Il jeta le sextant sur le pont.

— Je ne te confierai plus le soin de me guider ! reprit-il en descendant de la baleinière. Le compas, la boussole et l'estime : dorénavant, je n'aurai plus besoin d'autre chose. Tu ne mérites que ceci : la destruction !

Et, tout en parlant, il écrasait le sextant avec sa jambe d'ivoire, il le piétinait avec frénésie. Un rictus de triomphe creusait les rides de son visage. Effrayé, l'équipage s'était rassemblé sur le gaillard d'avant.

---

2. Officiers de marine.

Mais, soudain, Achab se redressa et cria d'une voix tonitruante :

— Aux vergues ! Brassez carré[3] ! Et toi, timonier, redresse la barre !

En un tournemain, les vergues furent orientées. Le navire, avec grâce, inclina ses trois mâts.

Le ciel le plus doux du monde recèle[4] parfois, sous leur forme la plus destructrice, le tonnerre et la foudre. Ainsi, dans ces eaux rayonnantes du Pacifique, au voisinage du Japon, les marins rencontrent souvent le typhon, c'est-à-dire la tempête dans sa toute-puissance. Il éclate brusquement dans un azur que ne voile aucun nuage, comme une bombe dans une ville endormie.

Or, le jour où le capitaine avait écrasé son sextant, dans la soirée, le *Pequod* dut lutter contre un typhon qui lui courait droit dessus. Il eut des voiles et de nombreux cordages arrachés. Lorsque tomba la nuit, le ciel et l'océan, ébranlés par les coups de tonnerre, s'unirent dans le même rugissement. Les éclairs montraient, dans la mâture, des bouts de cordages et des lambeaux de voiles qui claquaient dans le vent.

Starbuck se tenait sur le gaillard d'arrière. Cramponné à l'un des galhaubans[5], il profitait de chaque

3. « Orientez l'espar (pièce de bois) à angle droit avec la quille. »

4. Abrite.

5. Cordage servant à attacher les mâts supérieurs.

nouvel éclair pour lever la tête et tenter de mesurer l'étendue du désastre. Stubb et Flask aidaient plusieurs marins à amarrer plus solidement les baleinières. Mais, malgré tous les efforts, l'une des embarcations – celle du capitaine – fut défoncée par une énorme lame qui avait réussi à franchir le bastingage du navire.

Stubb regagna le gaillard d'arrière et dit à Starbuck :

— Mauvais travail ! Sale travail ! La mer n'en fait qu'à sa tête. Lutter contre elle est impossible. Cette lame, par exemple. Elle est venue de loin, de très loin. Et puis, hop ! Moi, devant tout ça, j'ai envie de chanter !

Et il entonna :

— *Vive le typhon qui se donne tant de peine !*
Vive le harpon, vive la baleine !
Vive la bourrasque, le grain, le vent !
Vive ce grand vaurien d'océan !

— Taisez-vous, Stubb ! cria Starbuck. Laissez le typhon jouer de son archet sur nos cordages ! Vous êtes brave, je le sais. Mais fichez-nous la paix !

— Brave ? répliqua Stubb. Je ne suis pas brave du tout. Je suis lâche, au contraire. Et, si je chante, c'est pour me donner du cœur. Écoutez, Starbuck, le seul moyen de m'empêcher de chanter est de me trancher la gorge.

— Imbécile ! Êtes-vous donc aveugle ?

— Pas que je sache. Vous avez bien de la chance, vous, si vous voyez quelque chose dans cette obscurité !

— Tenez, regardez ! fit Starbuck, prenant Stubb par l'épaule et lui montrant la proue. Regardez ! Le typhon vient de l'est. Or, n'est-ce pas la direction que le capitaine a prise aujourd'hui même, à midi, la direction dans laquelle il espère rejoindre Moby Dick ? Maintenant, regardez sa baleinière. Où a-t-elle été défoncée ? À l'arrière, à l'endroit où il a coutume de se tenir. Et, si vous avez toujours envie de chanter, sautez par-dessus bord et allez vous faire pendre ailleurs !

— J'avoue que je ne comprends toujours pas, dit Stubb. Voyons, que se passe-t-il ?

Mais Starbuck avait cessé de lui prêter attention.

— Devant nous, disait-il sur le ton d'un homme qui se parle à lui-même, il y a cette saloperie de typhon qui nous défonce à coups de bélier... Quand je pense qu'il nous suffirait de faire demi-tour, et que, au bout de notre route, nous trouverions l'Amérique, nos maisons, nos foyers...

À ce moment, le second du *Pequod* eut l'impression d'entendre, entre deux grondements de la tempête, une voix rauque.

— Qui est-ce ? demanda-t-il.

— C'est moi, Vieux Tonnerre ! répondit le capitaine Achab, en tâtonnant le long de la rambarde pour atteindre l'un de ses habituels trous de tarière.

Un éclair, brusquement, illumina sa silhouette.

Le *Pequod*, comme beaucoup de navires, était pourvu de paratonnerres fixés à la pointe de ses mâts. Mais la partie inférieure de ce dispositif, constituée de chaînes longues et minces que l'on pouvait soit ajuster aux porte-haubans, soit plonger dans la mer, n'était mise en place qu'en cas de nécessité.

En voyant l'éclair qui avait illuminé le capitaine Achab, Starbuck se souvint tout à coup d'un de ses plus impérieux devoirs.

— Les chaînes ! Les chaînes ! cria-t-il. Plongez-les à l'arrière et à l'avant !

— Non ! fit Achab. Bien que nous soyons les plus faibles, il faut jouer le jeu loyalement. Si nous nous trouvions sur l'Himalaya ou la cordillère des Andes, je n'hésiterais pas, pour assurer notre sécurité, à installer moi-même les chaînes. Mais aujourd'hui…

Starbuck l'interrompit sans ménagements :

— Regardez ! Regardez ! Là-haut… le feu Saint-Elme !

En effet, les extrémités des vergues étaient entourées d'un halo pâle, et les trois mâts, couronnés de flammes blanches, semblaient brûler dans l'atmosphère sulfureuse[6], comme des cierges gigantesques devant un autel.

Stubb, en train de saisir plus solidement sa baleinière personnelle à l'aide d'une amarre, eut soudain

6. Qui rappelle l'enfer.

la main prise entre la coque de l'embarcation et l'un des bossoirs.

— Maudit canot ! maugréa-t-il. Que le Diable t'emporte !

En reculant de quelques pas, il leva la tête et, apercevant les trois lueurs aux pointes des mâts, il gémit :

— Feu Saint-Elme, aie pitié de nous !

Enfin, les lueurs s'éteignirent. Le *Pequod* et son équipage se retrouvèrent enveloppés d'un sombre drap mortuaire. En se dirigeant vers l'avant, Starbuck heurta Stubb.

— Vous ne semblez plus avoir envie de chanter ! lui dit-il sur un ton ironique. Je vous ai entendu tout à l'heure...

— Oui, répondit Stubb. J'ai dit : « Feu Saint-Elme, aie pitié de nous ! » J'espère que ce vœu sera exaucé. Après tout, le feu Saint-Elme ne s'intéresse peut-être pas qu'aux cadavres. Il lui arrive sans doute de rire... En fin de compte, Starbuck, je considère cette lueur comme un heureux présage. C'est pour nous la certitude que nous allons tuer beaucoup de baleines et que nous pourrons faire monter notre cargaison de spermaceti jusqu'à la pointe de nos mâts...

Tandis que Stubb parlait de la sorte, Starbuck eut la surprise de voir reparaître, dans une lumière incertaine, les traits pâles de son interlocuteur. Il leva la tête et dit :

— Regardez !... Mais regardez donc !

De nouveau, la lueur, plus mystérieuse encore que

la première fois, frissonnait tant à l'extrémité des vergues qu'à la pointe des mâts.

— Feu Saint-Elme, répéta Stubb, aie pitié de nous !

Au pied du grand mât, tout près du capitaine Achab, Fedallah s'était jeté à genoux. Et, au-dessus d'eux, quelques marins, occupés à assujettir un espar, s'étaient arrêtés dans leur tâche. Transis de peur et blottis les uns contre les autres dans le gréement, ils avaient l'air d'un guêpier suspendu à la branche d'un arbre. Plusieurs, par leurs attitudes, rappelaient ces habitants d'Herculanum[7] surpris par la mort en pleine marche et même en pleine course.

— Oui, les gars ! criait Achab. Regardez cette lueur blanche, regardez-la bien ! Elle éclaire le chemin qui nous conduira à la baleine blanche !

Soudain, il y eut plusieurs éclairs successifs. Les trois lueurs devinrent plus intenses. Aveuglés, tous les membres de l'équipage, y compris le capitaine Achab, durent s'abriter les yeux derrière l'écran de leurs mains.

— Capitaine ! Capitaine ! cria Starbuck. Regardez votre harpon !

Le harpon d'Achab, celui qu'il avait lui-même forgé avec l'aide du vieux Perth, se dressait encore à l'arrière de la baleinière défoncée. Et maintenant, une flamme blafarde et fourchue jaillissait de sa pointe, comme une langue de serpent.

---

7. Ville au pied du Vésuve, engloutie en même temps que Pompéi.

D'un geste fébrile, Starbuck saisit le bras d'Achab en criant :

— Dieu est contre toi, vieillard ! Renonce ! Ne va pas plus loin ! Notre voyage a mal commencé. Il se poursuit plus mal encore. Il risque de se terminer en catastrophe. Laisse-moi donner l'ordre de faire demi-tour ! Laisse-nous rentrer dans notre pays !

Comme un écho aux paroles de Starbuck, un murmure de révolte s'éleva de l'équipage. Mais le capitaine Achab, faisant quelques pas en avant, se saisit de son harpon et, telle une torche, le brandit en rugissant :

— Je transperce le premier d'entre vous qui osera toucher aux vergues sans que je lui en aie moi-même donné l'ordre ! Vous avez juré de m'aider à tuer la baleine blanche. Comme moi, vous êtes attachés à cette œuvre de destruction par le cœur, par l'âme, par le corps ! Vous avez peur ? Tenez, regardez ! Voilà ce que je fais de la peur ! Je l'anéantis !

Et, d'un seul souffle, il éteignit la flamme fourchue qui tremblotait à la pointe de son harpon. Les marins, frappés de terreur, se dispersèrent dans tous les sens.

Un peu plus tard, vers la fin du premier quart de nuit, le capitaine Achab se tenait près de la barre. Starbuck s'approcha de lui.

— Il faudrait dégréer la vergue de grand hunier[8],

8. Enlever la pièce de bois tenant la voile carrée fixée sur le grand mât.

capitaine. Les balancines[9] et les rabans[10] sont à moitié détendus. Qu'en dites-vous, capitaine ?

— Ne touchez à rien ! Si j'avais des contre-cacatois[11], je les hisserais sur-le-champ !

— Capitaine, auriez-vous perdu la tête ?

— Et même si je l'avais perdue ?

— Les ancres fatiguent, capitaine. Puis-je les remonter ?

— Ne remontez rien ! Ne touchez à rien ! Ou plutôt, saisissez tout ce que vous jugerez bon de saisir ! Quoi ? Dégréer ma vergue de grand hunier ? Pour qui me prenez-vous ? Pour le patron d'une petite barque de pêche ? Sachez que mes mâts sont faits pour des vents encore plus violents que celui-ci et que j'ai dans le crâne un autre mât dont les voiles déchirent le ventre des nuages ! Il n'y a que les lâches qui s'inclinent devant la tempête ! Je regagne ma cabine. D'heure en heure, vous viendrez me rendre compte de ce qui se passe.

Après minuit, Starbuck, jugeant le moment venu de faire son rapport, s'engagea dans l'écoutille et, après avoir frappé à la porte, entra dans la cabine. Personne. Le capitaine Achab devait être en train de dormir dans le réduit[12], séparé de la cabine par une

---

9. Cordages utilisés pour soulager un espar ou régler son inclinaison.

10. Sangles servant à fixer quelque chose.

11. Voiles.

12. Petite pièce. Cabine minuscule.

autre porte, qui lui servait de chambre. Accrochée au plafond, la lampe, en se balançant, projetait des lueurs indécises sur le râtelier d'armes. Starbuck était un honnête homme. Mais, à la vue des fusils, une pensée meurtrière germa dans son esprit.

— Un jour, murmura-t-il, il a bien failli m'abattre comme un chien ! Voilà justement le fusil avec lequel il m'a ajusté. C'est celui dont la crosse est ornée de clous. Touchons-le, prenons-le… Chargé ? Oui, il y a de la poudre dans le bassinet[13]… Bizarre tout de même. Je tremble comme une feuille, moi qui ai tenu dans mes mains tant de lances meurtrières… Réfléchissons.

Il jeta un regard derrière lui. Puis, lentement, à pas de loup, il s'avança et appuya le canon du fusil contre la porte du réduit.

— Achab est couché dans son hamac, continua-t-il d'une voix étouffée. Sa tête doit être à cette hauteur. Une pression de mon doigt sur la détente, et je suis sauvé ! Je pourrai, une fois encore, embrasser ma femme, mon enfant… Vieillard, il faut que je te tue ! Sinon, dans moins de huit jours, mon cadavre roulera au fond de la mer ! Seigneur, donnez-moi ce courage !… Non, impossible… je n'ose pas… Capitaine, capitaine ! Le vent a tourné. J'ai fait établir le grand et le petit hunier[14]. Tout va bien !

13. Partie d'une arme à feu à silex où l'on mettait l'amorce.
14. Voiles carrées.

Comme si les paroles prononcées par le second l'avaient atteint jusque dans son rêve, Achab cria, avec des accents qui firent vibrer la cloison :

— Tout le monde à l'arrière ! Ah ! Moby Dick ! Cette fois, tu ne m'échapperas pas !

Starbuck semblait lutter avec un ange. Dans ses mains aussi tremblantes que celles d'un ivrogne, il tenait toujours le fusil appuyé contre la porte. Puis, soudain, il recula, replaça l'arme dans le râtelier et sortit de la cabine.

Le lendemain, l'océan n'était pas encore apaisé. Il soulevait d'énormes lames qui, s'appliquant à la poupe du *Pequod*, le poussaient comme des mains de géant. Le navire, dans sa marche vers l'équateur, faisait route maintenant au sud-est.

Ce jour-là, deux événements se produisirent. Au moment où le soleil allait se lever dans un ciel gonflé de nuages encore menaçants, les hommes du quart, dont Flask assurait le commandement, sursautèrent en entendant des cris inarticulés. On aurait dit les gémissements des enfants massacrés sur l'ordre d'Hérode[15]. Les marins, paralysés par la crainte, demeurèrent immobiles tant que dura ce concert déchirant. Flask dit à la fin :

— Ce sont peut-être des sirènes…

15. Apprenant la venue du Messie, le roi Hérode le Grand fit massacrer les enfants juifs.

— M'est avis, murmura le marin qui se tenait près de lui, que nous sommes passés à quelque distance d'un navire qui faisait naufrage et que ces cris étaient poussés par son équipage au moment où il allait s'engloutir.

Une heure plus tard, lorsque le capitaine monta sur le pont, ce fut Flask qui le mit au courant. Achab eut un ricanement sombre. Puis il nous donna l'explication suivante :

— Nous avons dû doubler des îles rocheuses fréquentées par des phoques. Quelques petits s'étant approchés de nous, les femelles se sont lancées à leur poursuite. Ce que vous avez entendu, ce sont leurs cris et leurs plaintes.

Mais cette explication ne fit que troubler davantage certains de nos compagnons. En effet, les marins éprouvent souvent, devant les phoques, une sorte de crainte superstitieuse. Ils n'aiment guère entendre leurs cris, ni surtout apercevoir, à la surface des flots, leurs crânes ronds, où il leur semble voir des têtes humaines. En un mot, les phoques, à leurs yeux, ne peuvent que porter malheur.

Le pressentiment qui s'était emparé de l'équipage ne devait pas tarder à recevoir confirmation. Un peu après le lever du soleil, un marin alla prendre son poste de vigie dans le nid-de-pie du mât de misaine. Était-il mal réveillé ? Se montra-t-il moins adroit qu'à l'ordinaire ? Il y eut soudain un hurlement. Levant les yeux, les marins suivirent la chute d'un corps dans l'espace.

Puis, baissant la tête, ils purent, dans la seconde suivante, contempler quelques bulles blanches sur la surface de la mer.

Immédiatement, de l'arrière, où elle était attachée, la bouée de sauvetage fut lancée, mais aucune main ne sortit de l'eau pour la saisir.

Cette bouée n'était qu'un simple tonneau dont les douves[16], disjointes par l'action du soleil, ne tardèrent pas à se séparer. Entraînées par les cercles de fer, elles s'enfoncèrent bientôt, sans doute pour rejoindre le noyé au fond de la mer, et lui fournir le dur oreiller de son dernier sommeil.

Le premier moment de consternation passé, il fallut songer à remplacer la bouée de sauvetage. Tous les tonneaux dont nous disposions étaient trop gros et trop lourds. Et nous allions nous séparer sans avoir pris de décision, lorsque Queequeg nous proposa son cercueil.

Seconde discussion, aussi animée que la première. Enfin, Stubb, tranchant le débat, chargea le charpentier de clouer le couvercle et de calfater[17] les jointures.

— Et, quand tu auras terminé ton travail, ordonna-t-il, tu suspendras la nouvelle bouée à la place de l'ancienne.

À la vérité, le *Pequod* pouvait-il avoir bouée de sauvetage mieux adaptée à son destin que ce cercueil ?

16. Planches.
17. Boucher avec de vieux cordages goudronnés.

Dans la journée du lendemain, les vigies signalèrent un navire de fort tonnage[18], la *Rachel*, qui se dirigeait droit sur nous et dont tout l'équipage semblait rassemblé dans les vergues. À ce moment-là, nous marchions à bonne allure. Lorsqu'il ne fut plus qu'à quelques encablures, le nouveau venu serra son arrogante voilure et se mit en panne.

— C'est un porteur de mauvaises nouvelles…, grommela un vieux marin qui se tenait près de moi.

Le capitaine de la *Rachel* levait déjà son porte-voix. Mais Achab ne lui laissa pas le temps de prendre la parole.

— Avez-vous vu la baleine blanche ? demanda-t-il.

— Oui, répondit l'autre. Je l'ai vue hier… Et vous, avez-vous vu une baleinière à la dérive[19] ?

Achab, surtout préoccupé de Moby Dick, allait tout de même répondre qu'il n'avait pas vu la baleinière en question. Cependant, il demeura silencieux lorsqu'il vit que son interlocuteur faisait mettre un canot à la mer. Quelques minutes plus tard, le capitaine de la *Rachel* sautait sur le pont du *Pequod*.

Sans le saluer, Achab s'avança vers lui.

— Où était-elle ? cria-t-il. Vous ne l'avez pas tuée, n'est-ce pas ? Que s'est-il passé ?

La réponse fut longue et précise :

— Hier, vers la fin du jour, tandis que trois de mes embarcations livraient bataille à plusieurs baleines et

---

18. Capacité de transport d'un navire mesurée en tonneaux.
19. Emportée par le vent et les courants.

que, petit à petit, elles s'étaient éloignées à quatre ou cinq milles de mon navire, une bosse blanche, celle de Moby Dick, a soudain surgi de la mer. À ce moment, j'ai fait descendre ma quatrième embarcation. Elle s'est lancée à la poursuite de la baleine blanche. Il m'a semblé, d'après les renseignements que me donnaient mes vigies – car j'étais demeuré à mon bord –, que cette quatrième embarcation avait réussi à atteindre le monstre. Puis elle me parut entraînée à une vitesse folle. Et, bientôt, elle disparut à l'horizon. Comme la nuit tombait, je fis rentrer mes trois autres embarcations. Toute la nuit, mon navire chercha la quatrième baleinière. Mais, jusqu'ici, nos efforts sont demeurés vains. Accepteriez-vous de nous aider ? Il nous suffirait de suivre, à quelques milles l'un de l'autre, deux routes parallèles. Ainsi, nous pourrions fouiller une zone beaucoup plus vaste et nous aurions quelque chance de réussir…

Comme Achab, jusqu'ici, était demeuré de glace, le capitaine de la *Rachel* reprit, avec un accent passionné :

— Je vous en prie, acceptez ! Vous comprenez, mon fils se trouve dans cette baleinière ! Je vous en supplie, je vous en conjure ! Je vous demande de m'accorder quarante-huit heures… quarante-huit heures seulement ! S'il le faut, je vous dédommagerai… je paierai ce que vous voudrez ! Vous ne pouvez pas me refuser ce service !

Le vieux marin, qui se tenait toujours près de moi, murmura à mon oreille :

— Achab me fait rire avec ses phoques ! Le fils de cet homme est mort. Ce sont ses hurlements et ceux de ses compagnons que nous avons entendus…

Tremblant d'émotion devant l'impassibilité d'Achab, le capitaine de la *Rachel* insistait, se faisait presque violent :

— N'avez-vous donc pas pitié ? Mon fils n'est qu'un gamin de douze ans que j'avais emmené comme mousse pour l'initier aux secrets de notre métier. Je ne partirai pas avant que vous ayez dit « oui » ! Vous aussi, vous avez un fils, capitaine Achab ; un fils bien en sécurité en ce moment dans votre maison de Nantucket. Songez à lui ! Songez à ce que vous éprouveriez si vous étiez dans la même situation que moi. Ah ! enfin ! Vous vous attendrissez !

Et, se tournant vers l'équipage du *Pequod* :

— Préparez-vous, les gars ! Préparez-vous à brasser vos vergues[20] !

Achab leva la main et, d'une voix lente :

— Halte ! Je ne veux pas qu'on touche à une seule vergue ! Ne comptez pas sur moi, capitaine Gardiner. En cet instant même, je perds un temps précieux. Adieu, adieu ! Le Seigneur vous protège et me pardonne. Mais, voyez-vous, je ne puis m'attarder… Il faut que je reparte !… Starbuck, ajouta-t-il en s'adressant à son second, toute personne étrangère au

20. « Orienter vos espars (pièces de bois utilisées comme mâts). »

Pequod devra avoir quitté notre bord dans trois minutes. Immédiatement après, nous nous remettrons en route !

Sans un mot de plus, il gagna sa cabine. Quelques secondes, le capitaine Gardiner demeura immobile, anéanti par la cruauté de ce refus. Puis, se ressaisissant, il tourna les talons, franchit le bastingage, se laissa tomber dans sa baleinière et regagna la *Rachel*.

Les deux sillages ne tardèrent pas à s'éloigner l'un de l'autre. Nous suivîmes longtemps des yeux le « porteur de mauvaises nouvelles ». Il changeait fréquemment d'amures[21], louvoyait, se détournait de sa route. Cette *Rachel*, c'était une femme affolée, courant en tous sens à la recherche de son enfant.

Les jours passaient au même rythme, semblait-il, que les vagues. Le *Pequod*, avec une aveugle obstination, continuait à voguer. Un matin, les vigies signalèrent un nouveau navire, le *Plaisir*, bien mal nommé celui-là. Sur son gaillard d'arrière, on distinguait des bigues, ces pièces de bois, liées par le haut et portant une poulie, qui servent à soulever les embarcations endommagées.

Aux bigues du *Plaisir* était suspendue une baleinière défoncée en plusieurs endroits.

— Avez-vous vu la baleine blanche ? demanda Achab.

---

21. Il virait fréquemment.

Debout sur la lisse de couronnement, le capitaine, grand gaillard aux joues creuses, montra de son porte-voix le squelette de planches disjointes ou brisées qui se balançaient aux bigues et cria :

— Regardez !

— Quoi ? Vous l'auriez tuée ? fit Achab.

— Le harpon qui la tuera n'a pas encore été forgé ! répliqua l'autre en contemplant sur le pont une silhouette humaine roulée dans un hamac dont plusieurs marins, en silence, étaient en train de coudre les bords.

— Pas encore forgé ? hurla Achab en brandissant son harpon. Regarde à ton tour, Nantuckais ! Voici l'arme qui tuera la baleine blanche ! Je jure de la plonger sous sa nageoire, à la source même de sa maudite vie !

— Alors, que Dieu te protège, vieillard ! répliqua le capitaine du *Plaisir*. As-tu vu cela ? ajouta-t-il en montrant cette fois le hamac. Je ne puis ensevelir qu'un seul des cinq hommes que j'ai perdus hier. Quatre d'entre eux ont coulé à pic et roulent en ce moment au fond de la mer !

Puis, s'adressant à son équipage :

— Êtes-vous prêts ? Soulevez le corps. Placez-le sur le bastingage. C'est cela... Et maintenant...

Levant ses mains dans un geste de bénédiction, il s'avança vers le hamac et prononça :

— Oh ! Seigneur, donnez-lui la résurrection et la vie éter...

— Redresse la barre et en avant ! rugit Achab.

Mais, malgré la rapidité de la manœuvre, les marins du *Pequod* n'en perçurent pas moins le bruit que fit le cadavre en plongeant et celui des éclaboussures – funèbre baptême ! – contre le flanc de leur propre navire.

Et, s'éloignant, Achab ne s'était pas rendu compte qu'il démasquait la bizarre bouée de sauvetage accrochée à sa poupe...

Soudain, une voix lui parvint du *Plaisir* :

— Ohé ! du *Pequod* ! Vous fuyez nos funérailles ! Mais c'est pour nous montrer votre cercueil !

C'était une journée claire, d'un bleu métallique. Le ciel et la mer étaient baignés du même azur. Çà et là, dans la lumière dorée du soleil, des ailes d'oiseaux, tendres comme des pensées féminines, sillonnaient lentement les espaces.

Quelques heures après notre rencontre avec le *Plaisir*, le capitaine Achab, montant de sa cabine, s'accouda à la lisse et regarda son ombre glisser sur les flots. Fut-il sensible enfin à la splendeur du paysage, à la douceur qui flottait dans l'atmosphère ? Fut-il effleuré par un regret ? Il laissa tomber une larme dans la mer, et le Pacifique ne recela jamais trésor plus précieux que cette infime goutte d'eau...

Starbuck se tenait à quelques pas. Il s'approcha. Achab leva la tête.

— Capitaine ! Capitaine ! murmura Starbuck. Est-il donc indispensable de tuer cette maudite bête ? Faisons demi-tour ! Rentrons chez nous, en Amérique. Moi aussi, comme vous, j'ai une femme, un enfant. Dites un mot, capitaine, et nous mettrons le cap sur la terre qui nous a vus naître. Je suis certain, qu'à Nantucket ils ont des journées aussi douces, aussi bleues que celle-ci !

— Oui, ils en ont… En ce moment, par exemple, mon fils se réveille. Il se dresse sur son lit. Sa mère lui parle de moi, son vieux sorcier de père. Elle lui dit : « Il est en mer. Mais il reviendra bientôt pour te faire sauter sur ses genoux… »

— Chez moi, c'est la même chose ! s'écria Starbuck. Mary m'a promis, juré, que, chaque matin, le petit monterait au sommet de la colline pour être le premier à m'apercevoir quand je rentrerai… Alors, capitaine, c'est entendu, n'est-ce pas ? Nous faisons demi-tour, nous mettons le cap sur Nantucket ! Venez, venez vite ! Nous allons préparer notre route !…

Mais Achab, par un revirement subit, ne l'écoutait plus. Tremblant de tous ses membres, il articula, avec une sourde violence :

— Qu'ai-je donc ? Que se passe-t-il ? Ce n'est pas Dieu qui m'habite. C'est un démon sournois, un démon implacable qui efface en moi jusqu'au souvenir de l'amour humain. Il me tient aux épaules, il s'agrippe à ma chair. Il me dit : « Il faut – c'est ton devoir ! – que tu fasses ce que tu t'es juré de faire. Sinon, ta conscience ne te laisserait pas une seconde de repos. Tu ne connaîtrais plus un instant de bonheur ! » Vous entendez, Starbuck ? Il faut que j'accomplisse ma mission. C'est une obligation absolue. Ensuite… si nous le pouvons encore, nous rentrerons à Nantucket… Starbuck !… Starbuck !

Il se tourna de tous côtés. Il était seul… Désespéré, comprenant que toute lutte serait désormais inutile, Starbuck avait disparu.

16

La course à l'abîme

Cette nuit-là, pendant le quart de minuit à quatre heures du matin, le capitaine Achab quitta, comme il le faisait de temps en temps, l'écoutille près de laquelle il était assis et alla s'installer dans son trou de tarière. Soudain, il tendit la tête, renifla l'air marin et dit :

— Il doit y avoir un cétacé dans les parages.

Bientôt, les marins perçurent en effet l'odeur caractéristique que dégagent baleines et cachalots vivants, même lorsqu'ils se trouvent à une distance encore grande. Et personne ne fut surpris lorsque, après avoir déterminé, avec autant de précision que possible, la direction de l'odeur, Achab donna l'ordre de changer de cap et de modifier l'orientation de la voilure.

À l'aube, se déployait devant nous une interminable bande d'eau huileuse, parfaitement calme.

— Changez les vigies et rassemblez l'équipage ! cria le capitaine.

Tandis que s'accomplissait cette manœuvre, il confectionna en hâte, de ses propres mains, une sorte de corbeille formée de boulines[1] entrecroisées et, par un jeu de poulies, la fit suspendre au mât de misaine. Puis il s'assit dans cette corbeille et ordonna qu'on le hissât jusqu'à la pointe du mât, plus haut que le nid-de-pie.

Là, après avoir observé un moment l'horizon, il cria d'une voix aiguë comme celle d'une mouette :

— Elle souffle ! Elle souffle ! Je la vois, je la vois ! Sa bosse est une colline de neige ! C'est Moby Dick !

— Oui, c'est Moby Dick ! reprirent en chœur les trois vigies.

Les marins, en se bousculant, se précipitèrent dans les haubans, pour apercevoir enfin la fameuse baleine qu'ils avaient poursuivie sur toutes les mers du monde. Elle se trouvait maintenant à un mille environ. À intervalles réguliers, son jet d'eau vaporisée s'élevait dans l'air, tandis qu'apparaissait, plus haute que les lames, sa bosse étincelante.

— C'est moi qui l'ai vue le premier ! dit Achab.

1. Cordes qui servent à tenir une voile de biais.

— Je l'ai vue en même temps que vous, capitaine, dit Tashtego.

— Non, non ! Pas en même temps ! C'est moi qui l'ai vue le premier ! Le doublon est à moi, à moi seul ! C'était fatal ! Aucun de vous ne pouvait voir avant moi la baleine blanche ! Regardez ! Elle souffle ! Elle souffle ! Elle souffle !

Les cris sortaient de sa gorge au même rythme que les jets de la baleine.

— Elle va plonger ! reprit-il. Carguez les bonnettes et les perroquets ! Et vous, Starbuck, préparez trois des baleinières. Vous resterez à bord et vous assurerez le commandement du navire. Et toi, timonier, serre le vent… plus près ! Mais doucement, doucement ! Voyez-vous, là-bas, sa queue ? Non, c'est seulement un tourbillon d'eau noire… Parées les embarcations, Starbuck ? Alors, tenez-vous tous prêts. Et qu'on me redescende !

Comme il regagnait le pont, Stubb lui dit :

— Regardez, capitaine ! Elle s'en va, sous le vent. Elle n'a pas dû encore nous voir…

— Silence ! ordonna le capitaine. Aux bras de vergues ! La barre à droite, toute ! J'ai dit de carguer les perroquets et les bonnettes ! Bon, c'est fait. Très bien. Et maintenant, les baleinières !

En quelques instants, toutes les baleinières, sauf celle de Starbuck, se balancèrent au flanc du *Pequod*. Sur un ordre, les avirons entrèrent en danse. Achab, conduisant l'attaque, avait pris la tête. Près de lui se tenait Fedallah, les prunelles luisantes, la bouche déformée par un rictus[2].

Rapides et silencieuses, les trois légères étraves fendaient les flots. Il leur fallut néanmoins un certain temps pour joindre l'ennemi.

De seconde en seconde, l'océan semblait se faire plus lisse, comme s'il avait étendu sur ses vagues un immense tapis. Et, bientôt, la bosse étincelante apparut tout entière. Elle glissait tranquillement, comme une île cernée d'écume verdâtre. Achab commençait à distinguer les rides nombreuses qui se creusaient dans la masse de la tête. Spectacle inoubliable ! Jupiter, changé en taureau et entraînant la gracieuse Europe vers le rivage de la Crète, ne surpassait certainement pas en beauté la baleine blanche, déesse marine, dont la nage, gracieuse et calme, était un ravissement pour les yeux. Mais, brusquement, après avoir agité, comme un signe d'avertissement, le large drapeau de sa queue, elle plongea et disparut. Un essaim d'oiseaux s'abattit sur le tourbillon qu'elle laissait derrière elle.

Les rameurs avaient levé leurs avirons, et les trois baleinières, immobiles maintenant, attendaient que Moby Dick daignât reparaître.

— Nous ne la reverrons pas avant une heure, dit le capitaine.

2. Une grimace.

Il semblait vissé à l'arrière de son embarcation et contemplait, au-delà de l'endroit où la baleine avait plongé, les espaces bleus et vides.

Mais sa rêverie fut brève. De nouveau, son regard se fit attentif et dur. Depuis quelques instants, le vent fraîchissait, la mer commençait à se soulever.

— Les oiseaux ! Les oiseaux ! cria Tashtego, de la baleinière voisine.

En effet, comme des hérons prenant leur vol, les oiseaux se dirigeaient tous, en file indienne, vers la baleinière du capitaine. Ils s'arrêtèrent à quelques brasses et se mirent à tournoyer au-dessus des flots, piaillant de joie. Achab savait que ces animaux ont une vue plus perçante que celle de l'homme. Il se pencha par-dessus bord et, du regard, sonda les profondeurs. Il vit, remontant de l'abîme, une tache blanche pas plus grosse qu'une belette, mais qui grandissait de seconde en seconde, et se retourna tout d'un coup sur elle-même, découvrant une mâchoire tordue, hérissée de crocs éblouissants : la mâchoire de Moby Dick !

D'un violent coup de barre, Achab fit décrire une embardée à son embarcation. Puis il ordonna à Fedallah de changer de place avec lui, s'installa à l'avant, saisit son harpon, et dit à l'équipage :

— Prenez vos avirons et groupez-vous à l'arrière !

Selon ses calculs, l'avant de la baleinière devait se trouver maintenant presque au-dessus de la tête de Moby Dick. Cependant, avec une intelligence vraiment diabolique, la baleine blanche éventa le piège[3]. Elle se déplaça latéralement et, toujours sur le dos, à la manière d'un requin qui vient de choisir sa victime et s'apprête à la sacrifier, elle saisit à pleine gueule la proue de la baleinière, à tel point que sa mâchoire inférieure, longue et étroite, sortit de l'eau et que l'un de ses crocs se planta dans le plat-bord. Maintenant, avec une douceur cruelle, comme un chat jouant avec une souris, elle secouait la coque et, lentement, la brisait…

Fedallah, les bras croisés, demeurait impassible. Quant aux marins, blottis à l'arrière, ils étaient jaunes de peur. À moins d'une encablure, les deux autres embarcations s'étaient arrêtées et leurs équipages, stupéfaits, assistaient immobiles à ce spectacle.

Achab était fou de rage car, dans la position où il se trouvait, il lui était impossible d'utiliser son harpon avec quelque chance de succès. Et puis, il fallait parer au plus pressé, c'est-à-dire essayer en premier lieu de sauver la baleinière… Alors, de ses deux mains nues, vibrantes de colère, il empoigna la hideuse mâchoire et tenta de lui faire lâcher prise. Mais l'os glissa sous ses doigts. Et la prodigieuse cisaille continua son œuvre, dans un crépitement de planches brisées. Quatre secondes après, l'embarcation était coupée en deux et, tandis que l'arrière s'éloignait, emportant l'équipage épouvanté, le capitaine,

3. Devina le piège.

après s'être cramponné à l'avant, perdait l'équilibre et tombait dans l'eau la tête la première.

Incapable de nager, Achab se maintenait néanmoins à la surface. Personne ne pouvait le secourir : ni Fedallah, toujours aussi calme, ni les marins cramponnés à la même épave que le mystérieux Asiatique et de plus en plus inquiets de leur sort. La baleine blanche traçait autour d'eux des cercles toujours plus rapides, mais aussi toujours plus étroits. Les autres baleinières, intactes, n'osaient pas approcher. En entrant dans la zone tumultueuse dont le centre semblait être la tête d'Achab, ne risquaient-elles pas d'inciter la monstrueuse bête à parachever la destruction de ses victimes ?

Toute cette scène avait été suivie attentivement par les vigies du *Pequod*. À la fin, le navire se porta sur les lieux. Lorsqu'il ne fut plus qu'à courte distance, Achab cria :

— Starbuck ! Droit sur…

Englouti par un paquet de mer, il ne put achever sa phrase. Lorsqu'il revint à la surface, au bout de deux ou trois secondes, à la crête d'une lame, il reprit :

— Droit sur elle ! Droit sur elle !

Résolument, le *Pequod*, toutes voiles dehors, s'avança encore, contraignant Moby Dick à cesser de décrire des cercles et à s'éloigner.

Lorsque le capitaine Achab fut hissé dans la baleinière de Stubb, il avait les yeux injectés de sang, et le sel de la mer commençait à sécher dans les creux de son visage. Épuisé de fatigue, il perdit connaissance.

Cependant, son évanouissement fut de courte durée. Se dressant sur un coude, le vieillard demanda :

— Mon harpon… mon harpon ? Qu'est-il devenu ?

— Le voici, capitaine, répondit Stubb.

— Placez-le près de moi… Pas de manquants ?

— Non, capitaine. Vous aviez cinq hommes, n'est-ce pas ? Ils ont tous été sauvés.

— Très bien. Maintenant, aidez-moi à me redresser… Merci. De cette façon, je la vois, elle s'en va sous le vent. Quel jet, nom d'un chien, quel jet !… Lâchez-moi… lâchez-moi, vous dis-je ! Je n'ai plus besoin qu'on me soutienne. La sève[4] de la vie remonte déjà dans mes os ! Moby Dick est trop loin pour que nous continuions à lui donner la chasse à l'aide des baleinières. C'est avec le *Pequod* même que nous allons la poursuivre. Remontons à bord. Vous hisserez les embarcations, sans oublier ce qui reste de la mienne, le plus vite possible.

Dix minutes plus tard, le *Pequod*, toute sa voilure déployée, se lançait à la poursuite de Moby Dick, dont le jet, de loin en loin, apparaissait à intervalles réguliers. Lorsqu'elle plongea, le capitaine prit la montre de l'habitacle et dit :

— Vous savez qu'elle en a pour une heure. Le doublon, malgré ma précédente décision, appartiendra à celui qui la verra le premier !

---

4. Liquide circulant dans les végétaux. Ici, l'énergie.

L'heure expirée, il demanda :

— Qui a vu Moby Dick ? À qui le doublon ?

Personne n'éleva la voix pour lui répondre.

Une bonne partie de la journée passa de la sorte. Plusieurs fois, Achab se fit hisser, dans sa corbeille de boulines, jusqu'à la pointe de misaine. Puis il redescendait sur le pont et se promenait de long en large, levant parfois la tête pour questionner les vigies. Finalement, il s'arrêta devant les débris de sa baleinière, entassés sur le gaillard d'arrière, et de nouveaux nuages s'amoncelèrent sur son front.

Le soir tombait. Un ultime frémissement agitait l'ourlet doré de l'horizon. Bien que la nuit fût proche, les vigies étaient à leurs postes.

— On ne voit plus rien, capitaine, il fait trop noir ! cria une voix, dans la mâture.

— Dans quelle direction avez-vous vu son dernier jet ?

— Comme toujours dans le lit du vent, capitaine.

— Très bien. Maintenant que le soleil est couché, elle va ralentir l'allure et nous n'aurons aucune peine à la rattraper demain matin. Aussi, Starbuck, je vous prie de carguer cacatois et bonnettes. Toi, timonier, veille que nous serrions le vent au plus près. Quant à vous là-haut, descendez ! Je vous charge, Stubb, de placer une nouvelle vigie dans le mât de misaine – une seule. Cela suffira. Prenez aussi toutes dispositions pour qu'elle soit remplacée de quart en quart, et ceci jusqu'à l'aube.

Quand le jour se leva, trois nouvelles vigies s'installèrent dans les nids-de-pie. Après leur avoir laissé le temps de scruter l'horizon, Achab leur demanda :

— La voyez-vous ?

— Non, capitaine.

— C'est qu'elle va plus vite que je n'avais pensé… Dans ces conditions, hissez toutes les voiles, même les perroquets ! Ah ! j'ai eu tort, hier soir… Mais aucune importance. Ceci n'est que la pause avant l'assaut !

Bientôt, le *Pequod* marcha à bonne allure, laissant derrière lui un large ruban écumeux.

— La voilà… là-bas, droit devant ! Elle souffle, elle souffle ! cria soudain l'une des vigies.

— Oui, dit Stubb, je le savais… Je savais qu'elle ne pourrait pas nous échapper ! Souffle, souffle, baleine ! Sonne de ta trompette ! Fais-toi des ampoules aux poumons ! Tu es flambée, car tu as le Diable à tes trousses ! Le vieux te videra de ton sang, jusqu'à la dernière goutte !

En prononçant ces paroles, Stubb exprimait la pensée de presque tout l'équipage. Si, jusque-là, certains marins avaient des craintes, ils étaient maintenant transportés par la fièvre de la chasse. Le respect magique que leur inspirait Achab, joint au souvenir de l'aventure qu'ils avaient courue la veille, avait eu raison de leurs dernières appréhensions[5]. Et puis, le

5. Craintes.

calme de leurs officiers et l'allure grandiose et résolue de leur navire achevaient de les persuader que cette lutte à mort ne pouvait se terminer que par une victoire.

Le gréement était noir de silhouettes humaines. Les marins, poussés par la curiosité, s'étaient installés dans les cordages, sur les moindres espars, à la pointe même des vergues. Trente hommes mûrs pour leur destin.

Quelques minutes après le premier cri, comme le silence se prolongeait, Achab demanda :

— Ne la voyez-vous donc pas ? Vous avez dû vous tromper. Moby Dick n'a pas coutume de lancer un seul jet et de disparaître.

Il reprit sa place dans sa corbeille de boulines. Lorsqu'il eut atteint la pointe du mât, il cria :

— En effet, c'est bien elle ! La voilà ! La voilà !

La baleine blanche venait de remonter des profondeurs de la mer et, avec une sorte d'insolence, à un mille environ du *Pequod*, elle s'ébrouait[6] dans un nuage de gouttelettes qui retombaient autour d'elle comme une averse d'orage.

— Oui, profite bien de ton reste ! reprit Achab. Car ta dernière heure est venue. Le harpon qui te tuera est prêt !

Puis, s'adressant à l'équipage :

— Tout le monde sur le pont, sauf la vigie de misaine[7] ! Parez les baleinières !

---

6. S'agitait en soufflant.

7. Vigie postée en haut du premier mât situé à l'avant du bateau.

Les marins, dédaignant les enfléchures[8], se laissèrent glisser le long des haubans, tandis qu'Achab, aussi vite que possible, descendait de son perchoir. Il alla s'installer dans le canot de rechange qu'on lui avait préparé la veille et cria :

— À la mer ! À la mer ! Vous, Starbuck, vous commandez le navire. Mais souvenez-vous : vous resterez dans les parages des embarcations, sans trop vous en approcher ! À la mer ! À la mer !

Les trois baleinières se placèrent sur la même ligne : celle d'Achab au centre. La baleine blanche, désirant peut-être attaquer la première, se lança dans leur direction.

— Il faut marcher droit sur elle, il faut entrer dans son jeu ! dit Achab avec un enthousiasme fiévreux. Ainsi, elle ne nous verra pas, car elle ne voit que sur les côtés, et nous pourrons prendre aisément l'initiative !

Mais Achab s'était trompé dans ses prévisions. Moby Dick semblait bien résolue à garder l'initiative. En quelques secondes, à une allure prodigieuse, la gueule ouverte et la queue battante, elle atteignit les baleinières, avec l'intention non seulement de les séparer l'une de l'autre, mais de les détruire. Déjà, les trois lances et les trois harpons s'étaient plantés dans sa chair et, habilement manœuvrées, les embarcations s'écartaient, de justesse cependant.

---

8. Échelon de cordage servant à monter en haut des mâts.

Alors, un combat commença, qui semblait devoir être interminable. Portant dans sa bosse les armes de ses ennemis, la baleine blanche se mit à tourner en tous sens. Dans ses incessantes évolutions, elle eut vite fait d'emmêler les trois lignes, les raccourcissant de seconde en seconde. Achab secoua la sienne, dans l'espoir qu'il parviendrait par ce moyen à la démêler. Mais, à ce moment, lances et harpons, pris dans les lignes et serrés en une sorte de faisceau, vinrent s'abattre avec une force inouïe sur le plat-bord de son embarcation. Comprenant que tout était perdu s'il ne prenait pas rapidement une décision, le capitaine saisit son couteau et coupa sa propre ligne. Puis il souleva le faisceau d'armes et le rejeta à la mer.

À ce moment-là, la baleine se retourna sur elle-même dans l'enchevêtrement des deux autres lignes, attirant, avec une force irrésistible, les canots de Flask et de Stubb. Enfin, d'un seul coup de queue, elle les fracassa aussi facilement que des coquilles de noix. Quand elle eut disparu – car dans la seconde qui avait suivi son exploit, elle avait plongé –, il ne resta plus à la surface que des débris de planches et les deux équipages naufragés qui cherchaient à s'accrocher aux barils utilisés comme bouées de sauvetage.

Achab cria :

— Sur eux ! Il faut leur porter secours !

Il s'approcha, en quelques coups d'avirons, de l'endroit où Flask, Stubb et leurs compagnons commençaient à se demander s'ils réussiraient à esquiver assez longtemps les mâchoires des requins. C'est alors que, telle une flèche, la baleine blanche remonta des profondeurs, souleva de son large front l'embarcation du capitaine et l'envoya voler dans les airs. Elle retomba sens dessus dessous. Achab et ses hommes, soufflant comme des phoques, s'en dégagèrent à grand-peine.

Le *Pequod* avait assisté à la bataille. Jugeant le moment venu d'intervenir, Starbuck fit mettre à la mer un canot qui recueillit non seulement les hommes, mais les barils, les avirons, les lances et les harpons tordus, les planches brisées.

Il y avait des contusions, des membres foulés, des os luxés[9]. En somme, pas de blessures graves. Achab lui-même – il avait pu se cramponner à la carcasse de sa baleinière – semblait moins épuisé que la veille.

Lorsqu'on l'eut aidé à se hisser sur le pont, tous les yeux se fixèrent sur lui. Pour se tenir en équilibre, il devait s'appuyer à l'épaule de Starbuck, car, de sa jambe d'ivoire, il ne restait qu'une sorte d'esquille[10] !

— Oh ! oui, Starbuck ! disait-il. C'est bon quelquefois de s'appuyer… Je regrette de ne pas l'avoir fait plus souvent au cours de mon existence…

Le charpentier s'approcha.

— C'est la virole qui a cédé, capitaine, dit-il. Pourtant, j'avais fait quelque chose de solide…

À son tour, Stubb s'approcha et demanda sur un ton de sollicitude sincère :

9. Dont l'articulation s'est déplacée.
10. Petit morceau d'un os cassé.

— Rien de cassé, j'espère, capitaine ?

— Si ! Regardez-moi ça ! Il n'en reste qu'un morceau ! Mais voyez-vous, Stubb, malgré la disparition de cette jambe qui tenait dans mon corps autant de place que mes membres vivants, je me sens intact ! Nul ne peut attenter à mon intégrité[11] : ni la baleine blanche, ni le Diable en personne ! Existe-t-il un projectile assez puissant pour pénétrer jusque dans les profondeurs de la mer ? Existe-t-il un mât assez haut pour crever le plafond du ciel ?

Et, levant la tête pour s'adresser aux vigies :

— Alors, quelle direction a-t-elle prise ?

— Toujours la même, capitaine. Droit dans le vent !

— Dans ces conditions, redressez la barre et toutes voiles dehors ! Vous, Starbuck, réunissez les équipages des baleinières et faites parer les canots de rechange !

— Permettez-moi, capitaine, dit Starbuck, de vous aider à marcher.

— C'est vrai. Merci. Me voilà dans de beaux draps avec ce bout d'os en guise de jambe ! Passez-moi cette lance qui est posée contre le bastingage. Elle me servira de canne. Et faites l'appel des équipages des baleinières… Je suis bien certain de ne pas avoir encore aperçu Fedallah. Cela n'est pas possible… Ce serait par trop extraordinaire… Vite, faites l'appel !

---

11. « S'attaquer à moi et à mon objectif. »

L'appel terminé, il fallut se rendre à l'évidence : Fedallah demeurait invisible…

— Il a peut-être été entraîné dans…, commença Stubb.

— Que la fièvre jaune t'anéantisse ! hurla le capitaine. Vous autres, que faites-vous là ? Allons, courez, fouillez le navire de fond en comble. Mais trouvez-le, par le Ciel, trouvez-le !

L'un après l'autre, les hommes revinrent annoncer au capitaine que Fedallah restait introuvable.

— Je crois me souvenir maintenant, capitaine, dit Stubb, qu'il a été emporté par votre ligne…

— Emporté ? Emporté ? Ce mot résonne en moi comme un glas[12]… Et mon harpon ? Disparu, lui aussi ? Planté dans le corps de Moby Dick… Mais ce n'est pas fini ! Non, non, ce n'est pas fini ! Vite, parez[13] les baleinières ! Rassemblez les avirons et les armes encore utilisables ! Et je le répète ; toutes voiles dehors ! Vite ! Vite ! S'il le faut, je ferai dix fois le tour du globe terrestre ! Je le jure par ce que j'ai de plus sacré : je la tuerai, je la tuerai !

Puis, se tournant vers l'équipage :

— Regardez-moi, vous autres ! Je suis un vieil homme, épuisé, infirme. Je ne puis même plus me tenir debout sans le secours d'une épaule amie ou d'une canne ! Mais je reste votre chef. La lutte que j'ai entreprise, je la conduirai jusqu'au bout, quoi

12. Cloche annonçant un enterrement.
13. Préparez.

qu'il arrive ! Écoutez-moi. Deux jours de suite, la baleine blanche est remontée à la surface. Demain, elle remontera encore une fois, soyez-en certains. Ce sera pour lancer son dernier jet ! Nous lui donnerons le coup de grâce ! Êtes-vous prêts ?

— Oui, oui, capitaine, nous sommes prêts ! crièrent les marins dans un élan d'enthousiasme.

Lorsque tout l'équipage eut regagné le gaillard d'avant, Achab, seul maintenant, murmura :

— La crainte ! Avec quelle facilité je la dissipe chez les autres, alors qu'aujourd'hui elle empoisonne mon âme ! Fedallah ! Que m'avait-il donc dit ? Qu'il me précéderait, qu'il me guiderait, qu'il serait mon pilote dans la mort... Mais, en toute logique, pour qu'il soit mon pilote, mon guide, il faut que je le revoie encore une fois ! Il y a là quelque chose d'incompréhensible... un mystère évidemment. Problème délicat... Cependant, moi, Achab, je comprendrai, je finirai bien par le résoudre, ce problème !

Quand le soir tomba, la baleine blanche était toujours visible sous le vent.

Alors, comme la veille, on cargua plusieurs voiles, et le navire ralentit son allure. Toute la nuit, les marins travaillèrent à parer les baleinières de rechange et à redresser les armes faussées, tandis que le charpentier façonnait une nouvelle jambe artificielle avec une pièce de bois prélevée sur l'embarcation défoncée du capitaine.

Achab lui-même avait repris place dans l'écoutille et, accoudé sur le pont, le menton dans les mains, il guettait le moment où jaillirait le premier rayon du soleil.

L'aube du troisième jour se leva, claire et fraîche. La vigie du mât de misaine descendit sur le pont et fut immédiatement remplacée par les trois vigies habituelles, mais aussi par de nombreux marins perchés çà et là sur les vergues.

— La voyez-vous ? demanda le capitaine.

Comme on lui répondait par la négative, il ajouta :

— Surveillez attentivement son sillage. D'un moment à l'autre, vous la verrez surgir !

Et, à voix presque basse :

— Quelle belle journée ! Il n'en est certainement pas de plus belle par le monde. On dirait que l'univers est une maison toute neuve, destinée à n'abriter que des anges !

Quelques minutes passèrent.

— Que voyez-vous ?

— Rien, capitaine.

— Comment, rien ? Et le soleil monte, monte ! Personne ne veut donc de mon doublon ? À moins que… Oui, ce doit être cela : je l'ai dépassée. C'est elle qui me donne la chasse maintenant ! J'aurais dû prévoir… Demi-tour ! Demi-tour ! Tout le monde sur le pont, sauf les vigies ! Contrebrassez les vergues[14] !

---

14. « Orientez les voiles dans le sens contraire à la fois précédente. »

Un instant plus tard, le *Pequod*, ayant viré de bord, cap pour cap, labourait l'écume de son propre sillage.

— Nous voici maintenant vent debout ! murmura Starbuck pour lui-même. Veut-il donc nous lancer dans la gueule du monstre ? J'ai tort de ne pas l'empêcher d'en faire à sa tête. En lui obéissant, je désobéis à Dieu !

— Starbuck ! cria le capitaine. Aidez-moi à m'installer dans ma corbeille.

— Oui, capitaine, répondit le second.

Une heure passa. Enfin, du haut de son perchoir à la pointe du mât de misaine, Achab aperçut de nouveau le jet de la baleine blanche et, au même instant, des cris joyeux tombèrent des nids-de-pie :

— Elle souffle ! Elle souffle !

— Pour la troisième fois, je vais t'affronter, Moby Dick ! dit Achab. Mais tu es encore trop loin pour que je fasse mettre les embarcations à la mer. Inutile de te sauver. Je te rattraperai !

S'adressant aux vigies :

— Continuez à ouvrir l'œil. Et soyez tranquilles : demain, ce soir peut-être, quand la baleine blanche sera solidement arrimée au navire, nous aurons le temps de bavarder !

Il demanda qu'on le redescendît sur le pont, donna calmement quelques ordres. Le moment venu, il fit mettre les embarcations à la mer. Il s'installa dans la sienne. Comme Starbuck allait lâcher le garant[15]

15. Cordage destiné à former un palan.

passant par l'une des poulies, il l'arrêta d'un geste en disant :

— Cher Starbuck, c'est le troisième voyage que j'impose de la sorte au navire de mon âme...

— C'est vrai, capitaine. Mais vous l'avez voulu !

— Sais-tu, Starbuck, que certains navires ne rentrent pas à leur port d'attache, perdus corps et biens ?...

— Je ne le sais que trop bien, capitaine.

— Je suis vieux, Starbuck... Une poignée de main me ferait plaisir.

Leurs mains s'étreignirent, leurs regards se pénétrèrent. Starbuck, les yeux brillants de larmes, s'écria :

— Capitaine, capitaine, vous êtes un noble cœur ! Restez à bord ! Ne tentez pas le destin. C'est un homme courageux qui vous en conjure !

— À la mer ! À la mer ! cria Achab en s'arrachant de l'étreinte de son second[16].

L'instant d'après, la baleinière du capitaine contournait l'arrière du *Pequod*. Starbuck, penché sur le bastingage du navire, cria :

— Les requins ! Revenez, capitaine, revenez !

Mais Achab ne l'entendit pas, car, déjà, il lançait lui-même des ordres d'une voix tonitruante, et ses rameurs, entraînant rapidement la baleinière, pesaient de toutes leurs forces sur les avirons.

De temps à autre, le capitaine tournait la tête vers

---

16. Aux mains de son second qui le retenait.

le navire. Tout à coup, par un signe convenu que lui adressaient les vigies, il comprit que la baleine avait plongé. Pour être près d'elle au moment où elle remonterait, il continua imperturbablement sa route, non sans grommeler, plus pour lui-même que pour ses compagnons :

— Souquez[17], les gars ! Souquez ferme ! Ah ! Ah ! De quoi aurais-je peur, puisque seul le chanvre peut me tuer ? Ni corbillard, ni cercueil...

Comme il prononçait ces mots, les eaux, tout autour de la baleinière, se gonflèrent avec lenteur, dessinant de larges cercles. Puis elles se soulevèrent. Elles semblaient glisser sur le sommet d'un iceberg immergé. Enfin, un grondement monta des profondeurs. L'équipage retenait son souffle. Et, d'un bond oblique, une silhouette immense, hérissée de lances et de harpons, couverte de lignes emmêlées, acheva de briser la surface verte de l'océan et projeta au-dessus d'elle, à trente pieds de haut, des gerbes de vapeur.

— En avant ! cria le capitaine.

Les embarcations se lancèrent à l'attaque. La baleine blanche, irritée par les blessures qui lui avaient été infligées le jour précédent, paraissait possédée du démon. Fronçant les rides de sa tête colossale, elle se jeta, comme la veille, entre les baleinières, les sépara

17. « Tirez fortement sur les avirons (les rames). »

brutalement et, dédaignant celle d'Achab, endommagea les deux autres. Puis elle s'éloigna comme une flèche, s'arrêta et commença de revenir à la charge.

À ce moment, Achab ne put s'empêcher de pousser un cri. Il venait d'apercevoir, retenu sur le dos de la bête par les lignes enchevêtrées, un corps humain, celui de Fedallah ! Ses vêtements étaient en lambeaux et ses yeux exorbités semblaient dévisager l'homme dont il avait prédit le destin.

Le capitaine laissa tomber le harpon qu'il serrait dans sa main.

— Fedallah ! gémit-il d'une voix haletante. Je savais bien que je te reverrais ! Tu m'avais annoncé deux corbillards. Voilà donc le premier ! Mais le second, où est-il ? C'est là que je t'attends ! Tout n'est pas perdu !

Et, s'adressant aux embarcations endommagées :

— Ralliez le navire[18] ! je n'ai plus besoin de vous !

Il jugea bon, également, de stimuler les hommes de son propre équipage :

— Et vous, faites en sorte de m'obéir ! Vous avez peur, n'est-ce pas ? Eh bien, sachez ceci : le premier que je vois sauter par-dessus bord, je le transperce d'un seul coup de harpon !... Où est la baleine blanche ? Aurait-elle replongé ?

Mais Moby Dick n'avait pas replongé. Elle avait fait demi-tour et s'éloignait tranquillement...

---

18. « Retournez au bateau. »

Du pont du *Pequod*, Starbuck cria :

— Capitaine, il est encore temps ! Renoncez ! Vous voyez bien qu'elle semble refuser le combat ! De grâce, renoncez !

Achab se contenta de donner à ses rameurs l'ordre de se lancer à la poursuite de la bête. Lorsqu'il passa près de son navire, il vit Tashtego, Queequeg et Daggoo qui, aussi vite qu'ils le pouvaient, montaient vers les nids-de-pie, tandis que Flask et Stubb, aidés de leurs équipages, commençaient à réparer les embarcations endommagées, déjà suspendues à mi-flanc du *Pequod*.

— Starbuck ! dit Achab, virez de bord et suivez-moi à distance raisonnable !

La baleine blanche était-elle fatiguée ? Les armes et le cadavre accrochés à sa chair la gênaient-ils dans sa progression ? Avait-elle décidé de mettre en œuvre un moyen plus sûr encore que la force : la ruse ? Elle semblait s'éloigner à regret, presque lentement.

Deux minutes plus tard, l'embarcation longeait le flanc de la baleine blanche. Celle-ci semblait s'être complètement arrêtée. Achab se trouva bientôt près de sa bosse, dans le nuage de brouillard formé par le jet d'eau vaporisée. Alors, poussant un cri formidable, il se redressa de toute sa taille et lança son harpon.

Réveillée par la douleur, la baleine blanche roula sur elle-même, soulevant autour de son corps d'énormes vagues. Ayant prévu ce qui se passerait, Achab réussit à ne pas perdre l'équilibre. Mais trois de ses rameurs furent projetés dans la mer. Deux d'entre eux purent saisir le plat-bord et regagner leur banc. Quant au troisième... ses compagnons l'abandonnèrent à son sort. Néanmoins, il parvint à se maintenir à la surface.

Par un mouvement d'une promptitude et d'une légèreté stupéfiantes, Moby Dick se remit d'aplomb et s'éloigna dans l'eau bouillonnante. Achab ordonna à l'homme placé à la barre de tenir bon la ligne et aux rameurs de se retourner sur leurs bancs.

— Maintenant, souquez ferme ! ajouta-t-il. Nous allons essayer de la haler !

Les rameurs pesèrent sur leurs avirons, la proue de la baleinière se souleva. Mais la ligne, soumise à une traction probablement trop forte, se rompit avec un bruit d'explosion.

— Qu'y a-t-il ? hurla le capitaine. Quelque chose s'est brisé en moi ! Quelque chose... Non... non, je n'ai rien. Je suis toujours le même... Demi-tour ! Demi-tour ! Sur elle ! Sur elle !

En entendant l'avant de l'embarcation retomber sur la surface de l'eau, la baleine blanche avait fait volte-face. Dans ce mouvement, elle aperçut la masse noire du *Pequod*. Que se passa-t-il en elle ? Eut-elle l'impression de se trouver devant son plus redoutable ennemi ? Subitement, faisant claquer ses mâchoires dans l'écume scintillante, elle chargea en direction de l'étrave du navire.

Dans sa baleinière, Achab, chancelant, avait porté ses mains à son front. « Je deviens aveugle ! Il va falloir que je tâtonne pour trouver mon chemin. Est-ce déjà la nuit ? »

Ramassés sur leurs bancs, les rameurs criaient :

— La baleine ! La baleine ! Elle attaque le *Pequod* !

— Aux avirons, mes enfants, aux avirons ! dit Achab. Oui… oui, je vois encore clair. Mon navire ! Mon navire ! Ne voulez-vous pas m'aider à le sauver ?

Les rameurs ressaisirent leurs avirons, les plongèrent dans l'eau… Cependant, presque aussitôt, ils se rendirent compte qu'une avarie s'était produite à l'avant. Deux bordés[19], déjà disloqués, s'écartaient de plus en plus l'un de l'autre. L'embarcation s'enfonçait de seconde en seconde. Dans quelques instants, son plat-bord atteindrait le niveau des vagues…

Au même moment, Tashtego, dans l'un des nids-de-pie du *Pequod*, et Starbuck, installé près de Stubb sur le beaupré, voyaient le monstre foncer dans leur direction.

— La baleine ! La baleine ! cria Starbuck. Timonier, redresse la barre ! Non, je ne veux pas mourir comme une femme… Et moi qui ai tant prié… Oh ! Achab… Achab ! Voilà le résultat de ta folie !… Doucement, timonier, doucement ! Non, non, redresse la barre encore une fois !… La voilà ! Elle va se jeter sur nous ! Seigneur, ayez pitié !

— Du sang-froid, Starbuck ! dit Stubb. Moi, la baleine blanche, je m'en moque ! Je me moque de toi, maudite bête !… Mais, tout de même… tout de même, c'est dur de mourir de cette façon… Ah !

19. Planches.

comme je voudrais me trouver, à l'heure présente, dans le pays où poussent les cerises ! Je donnerais cher pour manger une seule cerise avant de mourir !

L'équipage s'était groupé à l'avant du *Pequod.* Médusés, les marins regardaient la baleine qui fonçait, fonçait toujours, en projetant devant elle un cercle d'écume.

Le bélier de son front heurta, par tribord, l'avant du navire, ébranlant la coque tout entière. Plusieurs hommes tombèrent la tête la première, tandis que là-haut, dans la mâture, les harponneurs sentaient leur crâne vaciller sur leur cou puissant. Et, presque immédiatement, leur parvint le bruit de l'eau qui s'engouffrait par la brèche, avec la violence d'un torrent tombant dans un précipice !

Debout dans sa baleinière, Achab gémissait :

— Mon navire ! C'est lui... c'est lui, le second corbillard !

La baleine blanche plongea sous le *Pequod*, glissa le long de la quille. Puis, sans doute se ravisant, elle remonta à la surface, s'éloigna de sa victime et s'arrêta à quelques brasses de l'embarcation du capitaine.

— Il faut que je tourne le dos au soleil, continuait celui-ci. Il me reste un harpon... Mon navire ! Suis-je donc condamné à mourir loin de toi ? Pourquoi suis-je privé de cette satisfaction ? Ma mort doit-elle être aussi solitaire que ma vie ?

Et, élevant la voix :

— Mais toi, baleine, je te combattrai jusqu'au bout ! Je te frapperai, même du fond de l'enfer !

Tiens, je crache ma haine dans mon dernier souffle ! Tiens, mon dernier harpon !

Le harpon siffla. Atteinte, la baleine s'enfuit. La ligne fila et ne tarda pas à s'embrouiller. Achab se pencha pour la démêler. Mais, à ce moment, un anneau de la corde le saisit par le cou et, silencieux comme un bourreau turc étranglant sa victime, l'entraîna dans l'abîme…

L'équipage de la baleinière demeura quelques secondes pétrifié. Puis les rameurs se tournèrent vers le navire.

— Où est le *Pequod* ? Mon Dieu, où est-il ?

Alors, ils virent une sorte de long brouillard. Seuls les mâts émergeaient, et les silhouettes des trois fidèles harponneurs se dessinaient toujours dans les nids-de-pie.

Lorsque tout fut fini, lorsque la baleinière elle-même eut été engloutie presque en même temps que le *Pequod*, les oiseaux vinrent en grand nombre tournoyer au-dessus du gouffre. Puis l'immense linceul de la mer se referma et se remit à rouler au même rythme que cinq mille ans auparavant.

Épilogue

« Moi seul en suis revenu, pour te le dire. »

LE LIVRE DE JOB.

Le drame est terminé. Alors, pourquoi cet homme s'avance-t-il sur le devant de la scène ? Parce que, dans ce naufrage, il y eut un survivant.

Par le plus grand des hasards, après la disparition de Fedallah, c'est moi qui fus désigné pour le remplacer à l'avant de la baleinière du capitaine. Lors de la catastrophe, c'est moi qui, des trois marins tombés par-dessus bord, fus incapable de regagner l'embarcation. Bon nageur, je pus assister à tout le spectacle. Mais, quand le *Pequod* sombra, je me sentis entraîné dans le prodigieux tourbillon creusé par l'engloutissement du navire. Au centre et au fond de ce tourbillon, j'apercevais un point noir qui, soudain, remonta à la surface. C'était le cercueil bouée de sauvetage de Queequeg ! Je m'y accrochai et, par ce moyen, réussis à flotter pendant un jour et une nuit. Les requins glissaient près de moi, aussi inoffensifs que si leurs mâchoires avaient été cadenassées. Et les oiseaux carnassiers de la mer me survolaient sans m'attaquer, gardant, si j'ose ainsi m'exprimer, leur bec au fourreau.

Le deuxième jour, un navire apparut, s'approcha, me hissa à son bord. C'était la *Rachel*. Cherchant toujours son enfant, elle ne recueillit qu'un orphelin.

PAPIER À BASE DE FIBRES CERTIFIÉES

Le Livre de Poche s'engage pour l'environnement en réduisant l'empreinte carbone de ses livres. Celle de cet exemplaire est de :
300 g éq.CO_2
Rendez-vous sur www.livredepoche-durable.fr

« Pour l'éditeur, le principe est d'utiliser des papiers composés de fibres naturelles, renouvelables, recyclables et fabriquées à partir de bois issus de forêts qui adoptent un système d'aménagement durable. En outre, l'éditeur attend de ses fournisseurs de papier qu'ils s'inscrivent dans une démarche de certification environnementale reconnue. »

Édité par Librairie Générale Française – LPJ
Hachette Livre (58, rue de Jean Bleuzen, 92170 Vanves)

Composition PCA – 44400 Rezé

Achevé d'imprimer en Espagne par Liberdúplex
Dépôt légal 1re publication : août 2014
32.3950.6/06 – ISBN : 978-2-01-323950-9
Loi n° 49-956 du 16 juillet 1949 sur les publications destinées à la jeunesse
Dépôt légal : octobre 2018